# 独立日

The Road To The Independence

年轻的日子会发光

S 少数人
的生活

羽之书

# 我不可能成为一个作家

许昂 著

生活·讀書·新知 三联书店 生活書店 出版有限公司

**图书在版编目（CIP）数据**

羽之书 · 我不可能成为一个作家 / 许昂著. — 北京：生活书店出版有限公司, 2018.11

ISBN 978-7-80768-260-8

Ⅰ. ①羽… Ⅱ. ①许… Ⅲ. ①散文集 – 中国 – 当代 Ⅳ. ①I267

中国版本图书馆CIP数据核字(2018)第173886号

策 划 人　邝　芮
责任编辑　邝　芮　李方晴
装帧设计　罗　洪
责任印制　常宁强
出版发行　生活書店出版有限公司
（北京市东城区美术馆东街22号）
邮　　编　100010
经　　销　新华书店
印　　刷　北京顶佳世纪印刷有限公司
版　　次　2018年11月北京第1版
2018年11月北京第1次印刷
开　　本　787毫米 × 1092毫米　1/32　印张9.125
字　　数　144千字　图8幅
印　　数　0,001—8,000册
定　　价　42.00元
（印装查询：010-64052066；邮购查询：010-84010542）

目录

1 北京



2 巴黎

## 3 伊萨卡

## 4 北 京

北京

二十岁的许昂，不愿工作，不愿实习，不愿读硕士，却考不上博士。她自命不凡，假装热爱写作，假装烦恼不存在，假装自己日益堕落的生活是一场旷日持久的行为艺术，假装自己是一叶竖着大旗的扁舟，能够轻而易举地穿越人海，借着风浪，前往太阳升起的地方。

# 二十不立

## 一

十九岁的最后一个月，我开始吃素。

起初我感到身心俱轻，扬扬自得，逢人即表我那向上的决心。大三一开学，我便每日早早起床吃一个酪梨贝果，每晚在图书馆研究国际关系到晚上11点，每周下山健身两次，脱胎换骨，还生出了考博士的念头。

如此这般，我的生活便得以在二十岁伊始展开新的篇章。伊萨卡的山路成为光明开阔的康庄大道指日可待，旧日那个浑噩的我终将成为历史，在记忆里发霉，腐烂，降解，消失。

真好，我想，我终于整顿好自己，成为一名英雄，如同我六岁时预料的那样。

只是英雄气短。我的豪情壮志，与我的十九岁一起死在了9月，就连我自己也差点儿死掉两次。

二十岁的第一个月我差点儿死于饮酒过量。

为一位研究生朋友饯行的晚上，我游戏时发挥失常，空腹饮下许多啤酒、红酒、马里布，又拒绝了朋友们好心递来的薯片，一不留神便酩酊大醉。第二日中午醒来，发觉自己大概在睡梦中吐了——这是我头一回因喝酒而呕吐。

我平日喜爱小题大做，此次逮着机会更是不停地设想：如果运气不好的话，那些在自己毫无知觉的情况下吐出来的东西大概会哽在喉咙中吧。运气再差一点儿的话，岂不是步了艾米·怀恩豪斯的后尘？虽然在众人面前把她的代表作《回到黑暗》拙劣地唱成了自己的代表作，却怎样都不该效仿一个青年音乐家的人生足迹，我暗暗想，毕竟我没有献身艺术的打算。

身体健康、结婚生子才是正途，我告诫自己。

二十岁的第二个月，我又差点儿死于煤气中毒。

朋友高明自告奋勇给我和托尼煮面条吃，但她并不知道自己眼前的炉子是个明火炉。而我、托尼，以及屋主——一名翌日清晨即将奔赴硅谷实习的青年——坐在几周前曾沾满我呕吐物的沙发上，并不知道她就这样空转了炉灶，放出了煤气。高明自己则恪尽职守地离开了，在深秋的夜里前往超市购买方便面，以及薯片——为了我。

十五分钟后汽油的味道钻进了我的鼻子，不过那不是汽油，而是二氧化硫。

我与托尼惊慌失措地关掉炉子跑出门，又被小镇冰冷的夜晚赶了回来。而后我们惊慌失措地转移至二楼，身心里塞满了一氧化碳，惊魂未定。被饯行的屋主倒是一声不吭，始终留在客厅里试图连接电脑与电视。我们当晚的娱乐活动原本是一起观看《爸爸去哪儿》。

与此同时，高明满载而归，发现锅里的水没有如她所料沸腾起来，便再次旋开开关，将煤气又送到了房间的每一个角落。

最后我们当然没死，甚至也未中毒，除了我由于心理作用而四肢无力了一晚，男孩子们都格外勇敢和大度。

我倒是既不勇敢也不大度，可我也没有责怪高明。她可怜兮兮地倚在门边，像一只懊丧的小兔子。我们只得当场给她的男朋友发微信告状，疏解心头的怨气。她男朋友叫张飞，孔武有力，身高一米九一，在清华最热门的专业与高明有条不紊地进行着跨国恋爱。张飞高考时理综满分，擅长物理和化学，更懂得怎样逃生。

“高明做得非常不对，应该好好批评！”他说起话来京腔比托尼还浓。

“但是你们竟然往二楼跑，实在太好笑了！煤气泄漏的时候怎么能往二楼跑呢？”

我与托尼合计一会儿，同样觉得确实好笑。

“实在太好笑了，我们怎么能往楼上跑呢？怎么会不知道一氧化碳多重呢？文科生的化学果然都白学了。”托尼说，“所以我们还是看一会儿电视吧！”

不过屋主始终未能成功将电脑和电视连接起来，我只好去煮面条。两份面条和三个调料包五分钟后成了一锅糊烂的汤。

我的化学的确太差了。回家后我向室友们绘声绘色地描述了我如何算不出一氧化碳与空气孰重的故事，她们嘲笑了我一会儿，便一起煎鸡蛋并烹饪葱油泼面。

毫不令人惊讶的是，我的生物比化学更差劲，因为我竟然不知道鸡蛋并不是受精卵。好在我的室友们并不歧视文科生，她们耐心地向我讲解了她们如何在小学的生命科学课上学到鸡蛋并不是受精卵的故事。

葱油此时也好了，热腾腾地淋到面上，煞是好看。

“这样的话，鸡蛋无论怎样都不能算是生命。”而我的确非常需要一些蛋白质，我在心里精明地盘算着。

几分钟内我下定决心，重新开始大量摄入鸡蛋，在吃素五十天后，头也不回地离开了纯粹素食主义者的队列。

世事偏偏这样凑巧，自从我开始食用鸡蛋后，生活便重新回到黯淡无光的状态。我过上了中国时间，不再阅读时政，开始大量购买薯片和一种乳酸菌汽水，靠着鲜红的唇彩来维持气色。

10月中旬的一天，我涂着自己最鲜艳的口红，踏进了国际关系学教授的办公室。

教授是德国人，学校政治系的骄傲，业界的翘楚，我的偶像。他今年七十岁，打字比我快许多，每天穿不同颜色的高领毛衣。

“教授您好，自从这学期上了……您的……课之后，我有如……醍……醐灌顶，这才明白，知识就是力量。我这一辈子……除了知识……什么也不想要。谢谢您为我指明了方向，我决心……考……国际……关系的博士，将我的……一辈子投身研究……事业。请问您有什么建议吗？”

“你的绩点多高？”

我假设自己这学期所有课都得到优秀，小声报上一个勉强入耳的数字。

“这个成绩没法考博士。真的，没法考。”他摇摇头。

“毕竟美国的学术市场竞争格外激烈。不过如果你真的想清楚了希望从事这一行，也可以迂回前进，先读个硕士之类的项目。非要直接考博士的话……新加坡怎么样？”

二十岁的我，端坐在一间四壁挤满千百本书的小房间里，心想：如果我考不上博士，那真是一点儿希望都没有了。

二十岁的王薇姿，在经历了几轮她认为“惨绝人寰”的面试与等待后，拿到了美银美林投资银行部的录用通知书。几日后，春风得意的她又被一家我永远记不住名字的私募基金录取。她最大的烦恼是如何在两笔丰厚异常的财富中计算清楚机会成本，并为放弃的那一个选择的未来可能性扼腕叹息。

二十岁的坎迪郑，在经历了十九年的漫长等待后和同样二十岁的许迈克喜结连理，两人将彼此缝在一起，日日相见。她最大的烦恼是如何度过依依惜别和温柔重逢之间的十几个小时。

二十一岁的李美没有实习也没有男朋友。但是她善良可爱，功课又做得好。大家都心知肚明，在不远的将来，她会在咨询界呼风唤雨，与一名志同道合的男士做一些风花雪月的事。

二十岁的许昂，不愿工作，不愿实习，不愿读硕士，却考不上博士。她自命不凡，假装热爱写作，假装烦恼不存在，假装自己日益堕落的生活是一场旷日持久的行为艺术，假装自己是一叶竖着大旗的扁舟，能够轻而易举地穿越人海，借着风浪，前往太阳升起的地方。

只不过我那孤单旅途的启航需要一件宝贝。我曾经拥有它，后来又失去了它。

## 二

二十岁生日当晚，我在朋友圈发了张小时候的照片。接下来的三小时，我约隔三十秒查看一次手机，直到有八十一个好友为我点赞。“再来三个赞，”我艰难地算清楚，“就有百分之二十五的好友赞了这条朋友圈。”

照片里的那个我站在北京的蓝天下，裙子是橘黄的，手里捧着一个和路雪牌的杯装冰激凌，笑容仿佛拥有全世界的赞一般甜美。

不过我已经许久不穿橘黄色的裙子，不穿任何橘黄色的衣服，甚至许久都不过生日。

一年前我郑重其事地警告坎迪郑，不要给我举办任何并不令人惊喜的“惊喜生日派对”，我需要将生日那一天留白，用来思考人生。

“好吧，”她甜甜地应允，“你开心就好。”

只是在我生日的前一天，当我如往常一样搁下法语作业去隔壁串门的时候，却发现十几个人挤在狭小的双人间中，参差不齐地高唱起一支只有四句的歌曲。桌子上有一个涂满白色糖霜的蛋糕和两大袋薯片。

趁着黑暗，我赶紧用手背抹了一下眼睛。

白炽灯再度亮起来的时候，坎迪甜甜地说：“美国时间留给你思考人生，中国时间我们帮你庆祝。”

第二天我试图断食一天，却在晚上5点左右由于过于饥饿，在食堂吃掉两盘意大利面，早早回宿舍睡觉了。

一年后的二十岁生日虽然没有惊喜派对，倒是有李美陪我去山下健身。

她做了五组腹部练习，我做了一组；她快走二十分钟，我以五千米每小时的速度慢跑半小时。健身过后，我们一起去一个日式咖啡馆自习，我带着一本《国际关系与僵尸》，决定一年中最重要的日子要在学习中度过。

只是我们花了太久时间在巧克力熔岩蛋糕和草莓奶酪蛋糕之间摇摆不定，故而我的《国际关系与僵尸》始终没被从书包中掏出来。如果那时的我可以预见这本可怜的书整整一学期都不会被打开，我或许会在和李美插科打诨的同时温柔地抚摸一下它的封面。

这学期我与李美见面很频繁，因为我们选了同一门课——“希腊神话”。

李美双修经济与统计，一直苦于满足不了文理学院的文科课时要求。而她的一位学姐告诉她“希腊神话”是文科课中最简单的课，且不需要签到，她便欣然报名，还拉上了我。这学期的我其实不该选修一门并不能满足理科课时要求的课，但是我为自己列出了两条理由：首先，我急需一个好成绩；其次，读一读荷马，不是一件坏事情。

学期结束的时候我并未得到一个好成绩，《奥德赛》也只读了中文版来应付考试。我悲哀地发现自己的审美并不如从前所估计的那样好，我没有被雅典娜的深情自白所打动，却被一名唱功不过尔尔的民谣歌手感动得无所适从。

我煎熬是谁一碗绕指缠绵的糖
山河破碎　糖水焦黑

经过几天的挣扎，我总算放弃了我作为文学从业人员的骄傲。明明我该喜欢荷马史诗，明明荷马史诗应该更加优美，可我的品味实在如同扶不起的阿斗，故而只得走在伊萨卡遍地阳光的柏油路上，翻来覆去地听着“山河破碎　糖水焦黑”。

等我听厌了这句词，又挑选了另一首歌，在伊萨卡遍地枯枝的柏油路上，一遍又一遍地听着“让我一败涂地/在美景里扮丑”。明明这个冬天伊萨卡该下雪的，却热得一塌糊涂。

后来我发现自己最喜欢的两首歌词都并不出自女歌手本人的手笔，便鼓起勇气给她发了一封电子邮件，附上几首我写的诗。

这不是我第一次这么做。此前的夏天，我在哥伦比亚大学偶然听了一位畅销书作家的讲座。我心满意足地与他合了影，要了签名。一周后鼓起勇气给他发了一封电子邮件，附上几首我的诗，企图请他指点一二。坎迪也给他发了邮件，询问他有没有空闲和意向来参加我校的中国论坛。托尼和坎迪同为中国论坛的副主席，一个对外，一个对内。大家都指望着托尼能请来几位蜚声国际的电影导演“光耀门楣”。坎迪更是希望能够多邀请几位文化界的人物，使得论坛的重心不再完全落在金融会场。

作家第二天便十分客气地回复了她，表示自己并没有为此专程赴美的打算。

学期快结束的时候，我的诗集在三大网站都上架了。我一边忐忑地逼迫几位在京好友购买，一边向几个诗歌微信公众号投递出几首未收录在诗集里的诗词。

打那之后我经历了几场糟糕的期末考试，将全部家当折叠进十个小型纸箱中，回到北京，每日查看诗歌微信号的推送。与此同时，我的诗集价格越来越低，销量榜上的名次从一开始的三十万名，在北京的空气最浑浊的那一天，毫无征兆地落至第九十万名。

“天哪，这个世界上原来有这么多书！”我对自己说，真是怪了。

人生倒是照旧行进，还有许多不含荤腥的零食可以朵颐，还有很多引人傻笑的综艺节目可以观看，没有什么好抱怨的。直到有一天，我决定干脆成立自己的公众号，虽然别处都不欢迎我的诗，我自己却一点儿都不嫌弃自己。诗歌是最活泼的艺术形式，我总不能让七十三个活泼的灵魂在一本无人问津的纸质书里落得一身灰尘。

“爸爸，”我兴冲冲地宣布，“鸡汤味儿的时代将被我的真情告白所终结，总算有一个真正热爱写作的人出来拯救大局了！”

太阳即将升起，整个说中文的世界，以及我自己，都即将得到救赎。

“可是只有一个问题，我看你也不热爱写作啊。”爸爸评论道。

我义愤填膺地列举出许多当代作家的名字，掷地有声地批评了他们，并且拍着胸脯向他证明自己的决心。

“等你先成了‘韩寒’，再批评韩寒吧。”爸爸回答道。

我大失所望。

我妈也很失望，因为她在过去的几个月每天中午都收到了银行的短信，通知她副卡上又有了几块钱的消费。

“好好学习就那么难吗？少吃一点儿薯片就那么难吗！”

“少吃一点儿，好好学习一点儿，你或许就能找到男朋友了。”

“妈，就算我变成一个瘦子，也找不到男朋友。”

“哎呀，那你先瘦下来试试看嘛。”

“妈，学习压力太大了，压力一大我就要吃薯片。这也是无可奈何的事情。”

“首先，你并没有学习。其次，你可以有节制地吃薯片，不要一分钟吃掉一包。再其次，晚上12点过后，无论多么想吃，也不该吃。”

她不懂我对于薯片的渴望，就像她不懂一年前我为何在风景如画的关西想的只是吃掉尽可能多的抹茶冰激凌。

我倒是懂，只是不全懂得。

我懂得自己因为看了太多肥皂电视剧而拥有了一双并不明亮的眼睛，懂得自己因为不规律地进食而拥有了一个时而刺痛的胃；我明白自己的父母诚恳且努力，而我却同他们毫不相似。

可是我不懂自己为什么明知眼睛是珍贵的心灵之窗，却还日日观看并不好笑的综艺节目。我更不懂自己为什么明知胃疼起来有多么难受，却仍要喝光麻辣烫的汤，仍在印度餐厅里点最辣的咖喱，仍在半夜3点泡面吃，仍在早就相熟的朋友面前一次又一次地吹嘘自己并不存在的酒量。

这些结果一点儿都不光彩，我知道。可是对于原因，我一无所知。

朋友们的二十岁在或井然有序或曲折凌乱地前进着，他们马上二十一岁，马上三十岁，马上就要完成躁动青年至圆滑成人的转变，挣钱的挣钱，创业的创业，爱人的爱人，爱够了就生一个小孩儿。

可是我却行动迟缓，兴致缺缺，罔顾时间的力量——仿佛我全然不信，时间有本事蚕食掉我的身体和脑子，在几十年后，只留下诸多随风飘散的牢骚和一颗弱不禁风的心脏。

故事的关键在于，要恰到好处地花费一些篇幅来讲述：如何寻找一种药物，去治愈一个无病的人。

如果故事的主人公是一位英雄，她将会在某一天恍然大悟，一举发现烦恼的解药，或是根本就接受了烦恼本身，泰然承受着不能承受的生命之轻。接下来，她将会随身携带着英雄的勇气和运气，乘风破浪，披荆斩棘，智斗鬼神，像神样的奥德修斯回到伊萨卡一样荣归故里。

安提诺奥斯、欧律玛科斯、安菲诺摩斯与阿革拉奥斯一同顺理成章地走向死亡，于是英雄们用荤腥和美酒来庆祝故事的圆满结束，大醉方休。

只是二十岁的某一天，已做了十九年英雄梦的我，猛然梦中惊坐起，总算借着不到4.5的视力依稀看清楚：

我不是奥德修斯，我的人生不会成为奥德赛，就连我的伊萨卡，也只是个冒牌的伊萨卡。

这下故事无法进入高潮，尴尬地停在一半。

"Unless we live with art, we cannot
understand it."

# 只要我不再吃薯片

## 一

晥儿正在楼下的浴室里洗东西，小手绢子贴满了一墙，苹果绿，琥珀色，烟蓝，桃红，竹青，一方块一方块的，有齐齐整整的，也有歪歪斜斜的，倒很有画意。

——《沉香屑·第一炉香》

我得承认，我压根儿不知道晥儿是谁。她可能是一个有着春天般美貌的丫鬟，一名啰唆而抑郁的千金小姐，要不然便是位迟迟不愿老去的贵太太。更有可能根本是个男的，星目剑眉，睥睨上海滩，只是凑巧取了个丫鬟的名字。

不过我笃定的是，无论晥儿有没有可能是个男的，只要她活在张爱玲的笔下，一生便将不尽如人意。这位才情高超的小说家自己成日活在苏格兰风笛声同雨夜的霓虹灯光中，却偏要让凡夫俗子们的袍子上爬满蚤子，平庸、惨烈、不得善终。

买回《倾城之恋》的时候我约莫十岁，对于男欢女爱一窍不通。一个十岁朋友的志向，离不了长出翅膀解救苍生和戴着白帽子在蛋糕房里工作——手握裱花袋，在自己的生日蛋糕上，挤出几朵粉色的玫瑰。

但是张爱玲教会我一个道理：一个十岁的朋友不一定要会飞，却可奋发图强，在十年之后成为小伙子们心口的朱砂痣、眼里的白月光。若是做不了英雄，做个神仙，也是个不错的选择。

十年后我却发现，“蚊子血”同“米饭粒”才是年轻人该选择的正途。坎迪郑心情不好的时候时常提出要与许迈克分手，王薇姿在我还做着梦的时候总要早早起床进行咖啡谈话（coffee chat）；可是坎迪郑到底也没有和许迈克分手，王薇姿在2016年的夏天即将每小时收入三十八美元。与此同时，我每周打着越洋电话劝慰我的父母：

“妈，我不着急找男朋友。你不用着急，我三十岁一定会结婚的。”

“妈，我真不想实习，而且现在早过了申请截止日期了。我那后现代小说的前三章前年就写好了，只等明年暑假润色一下了。”

“妈妈，‘投资银行家们’早在大一就做好准备啦，我已经来不及啦。”

“天哪，妈妈，我真的不能写什么康村的故事，这有违我的文学操守。”

我是一个顶固执的人。诚然，我在十年前未踏上正途，如今只能将计就计，为自己设置一个被时代所抛弃的世外高人形象：晋有陶郎，今有许昂。社会若是有毒，就让我先暂且活在空气净化器中吧。

因而咖啡务必不加奶和糖，沙拉务必只撒一半的酱，鱿鱼石锅拌饭务必不要鱿鱼也不要白米饭。糙米饭比较健康。

“什么？你想干吗？”菲律宾服务生讶异地质问我。

“鱿鱼石锅拌饭可以不放鱿鱼吗？”我怯生生地询问他。

“不行，鱿鱼石锅拌饭怎能没有鱿鱼呢？”菲律宾服务生大义凛然地拒绝了我的请求。

“你可真逗，”我的杭州室友评价着，“鱿鱼石锅拌饭怎能没有鱿鱼呢？”她的专业是材料工程，每天都从便利店买各式各样的饼干回家。我通过频繁的品尝后发现，她买的饼干总是比我买的更好吃一点儿。

“好吧，我想好了，那我还是要普通的石锅拌饭吧，不要肉，只有蔬菜那种，加两个荷包蛋……

“……不过我的石锅拌饭里可以放鱿鱼石锅拌饭里那种特殊的辣酱吗？”

“不可以。”

菲律宾服务生夺走菜单，匆匆离开。

“哎呀，你这么逗，下学期你走了之后可怎么办呢？我的生活该多无聊呀。”杭州女孩喟叹道。

她如此理解我的幽默，真是一件令人欣慰的事。

不过两个月后，我坐在上海至乌镇的长途巴士上，自以为十分幽默地给她发微信，知会她我来到了她的省份，却并未收到回复。不过那已是后话。

我的室友们都觉得我很逗，我的同学们也觉得我很逗。有时候我讲的话并不好笑，他们却大笑出声。自从听众的笑声成为我社交生活的一部分后，我把每学期三分之一的时间用来搜肠刮肚地寻找笑话。再后来我干脆装疯卖傻，身体力行地诠释“逗”这件事。

不久我便发觉自己身上被贴上了一个粘腻的“逗”的标签，就像粉嫩的猪里脊（经过许迈克的指正，猪里脊肉上一般没有质检章）上被恶狠狠地盖上一个紫色的洗不掉的章。

这可大大出乎我的意料，十年前张爱玲可不是如此教我的。

将这个世界上林林总总的人分为三六九等，就像不知是男是女的睨儿将湿润的手绢贴在浴室的墙上一样，原本是个温柔而宽和的行为。一方块一方块的，有齐齐整整的，有歪歪斜斜的，倒也很有画意。

每个被贴上标签的人，要么是神仙一般的竹青与烟蓝，要么是富贵的琥珀与苹果绿。再不济是桃红色，如同玉渊潭公园里每个黄昏都呼朋引伴的广场扇子舞一般，普通却活泼。

怎么都不像我此时，觉得自己像是一只每日以清水为食，却仍被人“咣当”一声盖上一个紫色印章的还未长成的猪。

“这只猪很好笑。”“卖猪的人”说。

“好笑总不能当饭吃。”这只“猪”很有自知之明地以为，只有分量实在的猪才受屠户的欢迎。

“何谓实在？每天规规矩矩地进食，食用营养全面的饲料。”

“你曾后悔生而为猪吗？”“买猪的人”问。

“我不后悔。早生半年是狗，晚生半年是老鼠。时运不济，总归不是条龙。”“猪”诚恳地说。

贴标签这件事本身无可厚非，每个人活在另一个人的脑子里，总要化身成或多或少的纸片，或是一个坚硬的钢印。

愈聪明的人脑子愈小，装下的纸片愈多。至于绝顶聪明的人，却遗散了全部记忆与印象，甚至连自我都不留下，只残存一个狭窄却自由的空间于这个并不自由的世界上。

生而为人，大抵如此。

而二十岁的我，作为一个见识尚浅、脑中空空的女孩，却希望每每我的亲人、朋友、同学、点头之交，甚至仇人（如果他们存在的话）想起我的时候，都想起一个即便步履不那么轻盈却也凭着生活的质量来去如风的仙人，一个即便与社会脱节却也志在青山绿水的高人。这个视红尘为秽土的形象，定是熟读乔伊斯，逐个倒背印象派画家的生平，又擅长生动地讲述艺术家们的趣味小故事。

我虽然还未读过《尤利西斯》，但别人脑中的那个我，已经将它咀嚼两遍并成功消化。

## 二

世风日下，时运不济，我的期待与现实存在着一定的差距。

一上高中，我便成了“昂姐”。高一在英语实验班里，我是大家“数学不怎么样”的姐姐；高二去文科班后，我又是位出国的姐姐，一边草草准备着申请对岸的大学，一边应付国内的学业，“两条腿走路”，两只脚都崴了。上了大学，我曾引以为傲的“中文”“中文历史”（即用中文上的历史课）、“中式英文”都不复存在，只剩下一个并不爱学习的“昂姐”。

我感到异常苦恼，相比“逗”，“姐”这个标签实在有些面目可憎。

学弟学妹叫我姐的时候，我向来温顺又热情地答应。只是我上学算早，同级的同学多数比我大上一年半载。于是，听着比我大一个月的、大三个月的、大一年的、大三年的男男女女们唤我“姐”的时候，总是不由自主地觉得毛骨悚然。

励姐好心告诉我：“不要怕。”

“大家叫你姐，说明他们被你的气场所震慑，说明他们相信你，说明他们喜欢你。事情来的时候，他们总会觉得你是有领导风范的那个，他们会跟着你走。”她吮吸着圣托里尼的日落，娓娓道来，听得我如痴如醉。

我们在雅典相识，在圣托里尼的峭壁上把酒言欢。那酒是我这辈子的第一杯鸡尾酒，名叫“圣托里尼的日落”，比爱琴海的蓝色略浑浊一些。酒本身并无可取之处，只不过对于一个即将进入大学的我，就着圣托里尼的日落，喝着“圣托里尼的日落”，不由产生了一些幻觉，以为视野囊括了一整个云卷云舒的花花世界。

在无边无际的蓝色里，我向她颠三倒四地诉说了被高中同学称作“昂姐”的苦恼。她舌灿莲花，三两下便将我的幽怨抚平。

“好吧”，我说，“在圣托里尼，什么都不重要。”

后来她回到深圳继续工作，我回到北京继续度着那个空前绝后的清闲暑假，在各大聊天软件上同即将见面的新同学们有一搭没一搭地聊天，直到一位名叫王彼得的男生将“昂姐”这个名号叫得响彻了大一新生的群聊。

王彼得与我高中同班了三年，又进了同一所大学。看在总计七年的同窗缘分上，我怎么也不能怨他。

唯一不对劲的是，他叫我昂姐的时候，我并未感觉到他被我的气场所震慑。事情来的时候，我相当怀疑他会认为我具有任何领导风范并跟着我行进的方向走。

不仅如此，事实上，王彼得觉得我是全年级最幼稚的人。

“昂姐啊，”王彼得从我手中的薯片袋子里缓慢地掏出一块巧克力薯片，头摇得如拨浪鼓一般，“人生若是没有经历，可是写不出什么好故事的。”

“是吧。”我说。

“你的生活里都没经历过什么事儿，难以想象会有什么灵感。”他再次缓慢地掏出一片薯片，嫌恶地看着薯片上附着的黑巧克力。

“哎呀，我时常也觉得自己挺幼稚的。”我说。

“总之要写小说，人生必须要有丰富的经历。”他吃掉第三片薯片，近乎悲悯地看着我。

这场对话发生不久后，我俩就迎来了春假。他和他的朋友们去了土耳其，我和我的朋友们则前往奥兰多。

我得知他在洁白如玉的棉花堡旁地尝遍了小亚细亚半岛各地的烤肉，而我经过仔细地遴选与再三地犹豫后，购买了一根被雕刻成魔杖的木棍；而后他在颠簸的小飞机上经历着大起大落的快感与惊吓，而我在一座又一座过山车前望而却步，掉头便走；最后，他与他的朋友们夜夜买来好酒，纵情谈论人生，我与我的朋友们则喝下一杯又一杯黄油啤酒——一种不含酒精却含有过多糖精的冷饮。

的确，奥兰多的生活没有给我带来任何灵感。我一日比一日悠然自得，早把创作这回事抛到了脑后。王彼得一干人在土耳其风餐露宿，倒是经历了许多故事，得到许多灵感。

如果王彼得有一天在英语系选修创意写作的话，只需如实讲述他的旅途，就已是一篇光怪陆离的文章。

“的确，你说得都对。”我连连点头表示赞同。

“只是，我什么时候说过我要写故事啊？”我百思不得其解。作为一个人生经历如此欠缺以至于无法写出故事的人，怎么能在他人面前表达向往文学的志趣呢?

“哎呀……”他看着我，拿起第四片薯片，笑着摇摇头。

“昂姐啊，你若是一直不写，是写不出什么好故事的。”李琪琪手持一瓶十美元的莎当妮（Chardonnay，一种我不爱喝的白葡萄酒，通常译为“霞多丽”），在大学城贝果店（Collegetown Bagels，一家什么都有的快餐厅）旁的路灯下原地转圈。

“是吧。”我说。

我俩去年夏天都在华盛顿，一同看了议员棒球赛，看见了奥巴马，一起吃了顿并不正宗的川菜，各自长胖了十磅。我每晚百无聊赖地在一座三层高的小楼里与十几位同样心不在焉的同学记着“公共政策入门”的笔记，而她则每日生龙活虎地在美国有线电视新闻网的摩天大楼里为一档早间新闻节目打杂。

无论从哪个角度看，李琪琪都取得了非凡的成功。她在大二便成了《康奈尔太阳日报》多媒体部门的头目，带领一票金发碧眼的男女和其他二流杂志争夺对于三线名人的采访权。大二暑假，她便成了美国有线电视新闻网的实习生。大三开学，她便将房间里的书桌书柜都扔掉，搬进十盆绿萝和二十瓶葡萄酒。更重要的是，如果12点后我需要吃零食，我的室友中只有她愿意穿好衣服和鞋子，陪我下楼并走到五十米外的便利店购买薯片、巧克力与椰子水。

“琪琪，你要知道的是，我的确想写，只是我把时间都用来看电视剧了。”我紧握着刚买来的玉米片袋子，玉米片在黑暗中发出窸窸窣窣的声音。

“昂姐，我觉得吧，如果你选择在你的空闲时间看电视剧而不是写作，那说明比起写作，你其实更爱看电视剧。”

“一个人怎么能更爱看电视剧呢？”我把头摇得像拨浪鼓一般。

“所以，我们可以得出一个结论：如果你每天都在看电视剧，而不是写作，你就该进入电视剧产业工作，而不是从事写作这个你并不那么喜欢的工作。”

“我怎么能更爱看电视剧呢？我怎么能进入电视剧产业

呢？”我惶惑不安地摇头。

回到家，我用我的搪瓷杯盛了两盎司李琪琪的莎当妮，将“知乎”上所有跟写作有关的问答都浏览了一遍，吃光了玉米片，观看了一集地方卫视的综艺节目，在凌晨4点疲惫地进入梦乡。

## 三

“如果你寒假回家只打算吃饭和睡觉的话，”爸爸友好地说，“那我带你去南方转转吧。”

“也不失为一个办法。”我粗略地思索了一会儿。

“那么你想去哪里？”爸爸友好地问。

“爸爸去哪儿，我就去哪儿。”我试图简练地展现自己的幽默感。

“我哪儿都去过了，主要看你。”爸爸友好地回答。我才想起，他压根儿没看过《爸爸去哪儿》。

“那么乌镇怎么样？我想看看木心。”

“那就乌镇吧，你是该看看木心了。”几个月前我热诚地买回了《木心全集》，他热诚地读完了一半。

10月中旬我收到了一封邮件，得知古典学系每年会给两名优秀的本科生各四千美元。他们将前往希腊、罗马，以及中东中的某个地方，边旅行边生产关于古典学的研究心得。

申请在午夜12点截止。那一晚我在伊萨卡唯一一家歌厅的某个房间里，边与许多素不相识的学弟学妹们面面相觑，边听着王彼得使用毫无混响的话筒唱出的一首又一首情歌，边草率地写出一份天花乱坠的自述。晚上11点56分，我终于发出了第一封邮件，又发现自己把“克罗比”教授的名字拼成了“罗比”，只好在晚上11点59分发出第二封邮件向她道歉。

第二天早上，教授告诉我，拼错名字乃人之常情，只不过“罗比”才是正确的。

12月中旬我又收到了一封邮件，得知三天后“学院学者”的大三暑期研究基金申请即将截止。看着三天后即将消失的两千五百美元，我才想起自己还是一名“学院学者”。这个名头对于绩点堪忧的我来说，不知是荣誉还是负担。

两年前招生官们敏锐地从一千名文理学院的新生里挑出四十位最可能成为研究型人才的青年，免了他们大一整年的书费，并开出“空头支票”，许诺为他们大三夏天的研究项目买单。

中国的新生中有两位被挑中，一个是我，另一位现在已经成为一名投资银行家。这样想来，我暗暗地替招生官们的判断力感到惋惜。

明年暑假不做研究也好，我想，这样我可以彻底放弃读博士这个选择。一个人站在人生的岔路口时，当务之急，是将其中的某一条路剪断。

也好，我想，这下我便没有别的路可以走。

2015年即将结束的时候，我发现自己几乎无路可走。一年半后我将离开学校，然而我并没有任何计划和打算。经过艰难而痛苦的思考，我决定挨过一日是一日，把远一些的未来交给近一些的未来：

等我从乌镇回到北京，再处理购置空气净化器的事宜；

等我从北京前往巴黎，再忧虑我一塌糊涂的法语；

等我从巴黎去向我即将度过暑假的地方，再定夺我暑假的行程；

等我从我将要度过暑假的地方回到伊萨卡，再上学；

等我离开伊萨卡，未来的日子将会以一种“车到山前必有路”“柳暗花明又一村”的友善姿态迎接我。

我得承认，二十岁的我不是英雄也不是神仙，但是我还拥有一篇前年夏天写好的意识流小说的开头，人生还是充满希望；只要我不在晚上12点后吃薯片，只要我不一次吃光一包薯片，只要我再也不吃薯片，人生还是充满希望；只要我在明年夏天写完我的故事，人生还是充满希望。

只要我在明年夏天前写出一个绝妙的短篇小说，只要我不再吃薯片，人生依然充满希望。太阳依然日日照耀我，夜晚依然夜夜笼罩我，我的生活依然是一场旷日持久的行为艺术，我的大旗依然屹立不倒，人潮阻我，风浪顺我，只待我选择一个远方。

悲伤交给我，到达交给时间，遥远的未来交给不那么遥远的未来。

太阳依然升起，人生依然充满希望。

曾经我幻想过生来是条龙。可惜世风日下，时运不济，早生半年是狗，晚生半年是老鼠，也是无可奈何的事情。

从好处想，我日日以清水为食，实在是称不上实在。尽管有一天我会死于屠夫的刀下，那一天一定不是今天。

这样想来，被买猪的人嫌弃，实在称得上一种美德。

生而为猪，我很抱歉。却也没有什么可以拿来后悔的。

这只猪实在太好笑了，我想，这个世界上怎么会有会说话的猪呢?

再者，如果我无法理解这只荒谬的猪，那么其他人必定也理解不了吧，我得意地想。

SHUTTLE PASSAGE
MAIN CONCOURSE

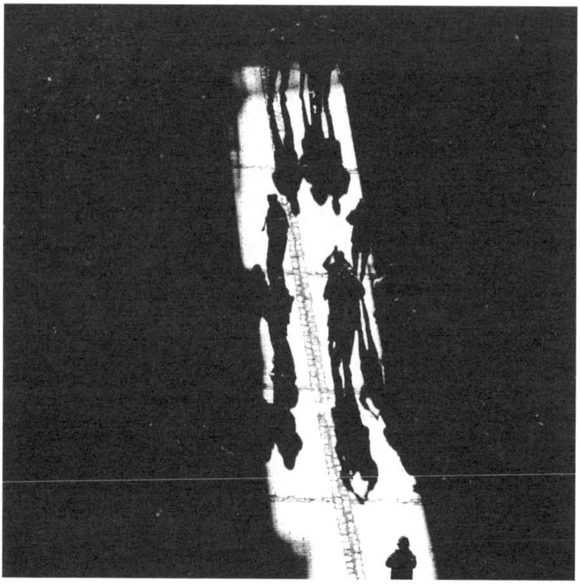

# 2 巴黎

拍照片是一种义务；看清景点内的每一块讲解牌是一种义务；涂上深色的口红，穿上丝袜和皮鞋也是一种义务。

只有老老实实地坐下来，在美或不美的景色里，什么也不看，什么也不想，才是我的心所渴望的。

# 巴黎三日

## 一

说来惭愧，我在巴黎吃的第一顿饭是麦当劳。

尽管卖咖啡的柜台里有色彩缤纷的马卡龙，尽管收银的年轻男生相貌姣好，尽管菜单上所有汉堡的名字其实都是英文，我却仍然畏缩不前，躲在托尼后头，试图记下他说的每一句话。

想不到，即便托尼的词汇量和语速都是我的两倍，点起餐来也并不顺利。

当然，轮到我的时候，我不但几乎听不懂那位漂亮的法国男生在说什么，还将麦香鱼的“鱼”说成了“女孩”（法语中“鱼”为“filet”，“女孩”为“fille”，发音差得挺远）。

漂亮男孩将零钱递给我，飞速地吐出一句话后，见我迷惑地盯着他，便开始似笑非笑地盯着我，直到一位好心的中年男子为我翻译：麦香鱼还未好，需等待一分钟。

就在我以为万事大吉的时候，托盘上的可乐又倒了。我伤心而尴尬地将它扶起来，发现洒出的并不多，才算得到一点儿宽慰。

漂亮男孩开始为下一位顾客服务，我站在原地，掏出其实没有流量的手机，试图刷新微信的页面，直到装着麦香鱼的四方盒子稳稳地落在了高大的可乐旁。我端起晚餐逃之夭夭，落座时才来得及奇怪：大费许多周折、办了许多手续、填了许多表格、终于暂别了美国快餐生活的我，来到巴黎，咽下的第一口食物却来自麦当劳。

托尼并不理解我的疑惑，因为他原本便十分喜爱麦当劳。五年前我们一同在海淀黄庄上英语课时，尽管教室楼下便是商场，商场底层便是一条琳琅的美食街，托尼还是在每一个饥肠辘辘的时刻，义无反顾地离开花花世界，跨越两条宽阔的马路，向着双层牛肉汉堡和大杯冰可乐前进。

同样地，他也不理解我的惶恐与不安。对于他来说，未知的、或许存在的危险，是不值得耗费心神去恐惧的。

“命中若是有，挡也挡不住。”他这样说。

去年的11月下半旬，我曾对于前往巴黎的计划有过短暂却剧烈的犹疑。

灾难发生的时刻恰值纽约时间的傍晚，我坐在客厅里那个并不舒适的沙发上，电视里正在播放着一档有许多人跑来跑去的节目，室友们在叮叮当当地摆弄着锅碗瓢盆，抽油烟机借着二档的火力轰隆隆地响着。我却魂不守舍地盯着手机屏幕上每十五分钟更新一次的死亡人数，在周五的晚上，逐渐失去了全部食欲。

“怎么办，我们是不是不该去巴黎了？”在接下来的一周里，同样的问题，我每天都要问托尼三遍。

“事情真是糟糕，可是尽管如此，巴黎还是要去的。”托尼虽然十分消沉，却对于我的退缩不以为然。“而且我那天碰到贾格，我问他还去不去巴黎。结果他特奇怪地看着我，问我为什么要这样问。”

贾格是一个高大帅气的加州男生，总是迟交法语作业。他所在的“代尔塔凯”（Delta Chi，我校一流兄弟会，成员多为高大、帅气、富有的白人男学生）在康奈尔的三十四个兄弟会里大概排名第七。除此之外，他在过去的一学期里一直以为我的名字是“安”。

可惜托尼和贾格的英勇无畏并未成功给予我任何直面危险的气魄。我一度想着，就这样算了吧，反正我的法语也不灵光，反正伊萨卡这个冬天出其不意地暖和。

只是如果留在伊萨卡，我就得再花时间选择下学期的课程，就得向房东续租下学期的房子，就得跑到出国留学办公室解释自己为什么要中途退出，就得在图书馆门前樱花盛开的时候，跟每一个曾听说我要去巴黎的同学解释自己为什么出现在了大学镇的奶茶店里。更重要的是，若是不去巴黎的话，我总得设计一个绝好的借口，来说服自己果决放弃我那对埃菲尔铁塔为期十年的绵长痴迷。

“如果这么麻烦，那还是算了吧。”我想，“巴黎还是要去的。”

我从十年前开始对埃菲尔铁塔产生了一些浪漫的幻想。十年前的我大约十岁，十岁的我喜爱看电视，但是妈妈不让我看电视。于是在不能看电视的时候，我总是翻来覆去地阅读一些质量低劣的小说。

其中一篇出自一位名作家的女儿的手笔，男主人公叫杰夫，约莫十六七岁，在科罗拉多的一所公立学校上学。

杰夫常常说，法语是世界上最美丽的语言。

十岁的我同现在一样毫无主见，并且对英语一点儿好感都没有——英语于我来说差不多等同于奥运会与顾拜旦，以及一段生硬的用来参加奥运主题英语比赛的自我介绍。再者，小学时的外教给我起了一个名字，叫“珍妮”，我觉得一点儿也不好听。我觉得“海伦”更好听，因为班上最好看的女孩子名叫海伦。更重要的是，那时的我即便深深喜爱着快餐店的炸鸡翅和土豆泥，却也心知肚明，我应当拥有的生活和我当下喜爱的生活截然不同。

那么，既然杰夫说法语是世界上最美丽的语言，他说的一定是对的。

一年后的某一日的凌晨3点钟，我睡眼惺忪地跟我爸一起看了一场足球赛。齐达内离开赛场的时候，我只觉得五脏六腑拧在了一起。虽然撞人的是他，我却觉得意大利人都是流氓。直到许多年过去，我在华盛顿的杜邦环岛吃到了一小杯香草味的意大利手工冰激凌，才勉强原谅了他们。

于此之间，我在高一的英语课本里画满了铁塔，在手机里装满了小野丽莎翻唱的法语歌曲，在申请大学时的每一篇文书里都特别强调了我大三要去巴黎交流；上大学后又老老实实地修了两年半法语，申请了康奈尔与杜克和埃默里合办的项目；在恐怖袭击事件尘埃还未落定的时分虚弱地挣扎了一番，然后买机票、办签证，在北京度过一个短暂的寒假，在飞机上吃下两口油腻的鸭肉和鸡肉，睡足八小时，看了一部电影，直至落地。

## 二

巴黎时间1月11日晚上6点钟，我拖着一大一小两个灰色的箱子和一颗满载恐惧的心脏，离开戴高乐机场，健步如飞地走进夜色中。

前方是托尼和托尼妈妈的朋友的朋友，两人相谈甚欢。我一面谨慎地观察着四周，一面暗自庆幸：若不是托尼妈妈拜托她朋友的朋友来接托尼从而捎上了我，我就得自己打车从机场去一个连名字都不知道的酒店。说不定会迷路，说不定会遇见一个坏人，说不定会遇见几个坏人。

因此，我无声地告诫自己，来到法国的首要任务，便是务必不要和托尼吵架。

虽然我俩每隔几个月便会看彼此不顺眼一次，也在大二下学期曾经二十天都未讲一句话，但那是在人欢马叫的伊萨卡。如今来到一个陌生的城市，每一个朋友都弥足珍贵。

与此同时，我坐在托尼妈妈朋友的朋友的越野车后座，一边抱紧自己的书包，一边忧虑着：虽然每一个朋友都弥足珍贵，但是只有一个朋友也不行。

好在我没有落得一个每天只和托尼玩的境地，来到巴黎的第一晚，我和华裔女生阿诗丽被分到同一个酒店房间，我俩迅速打成一片。

第二天，墨西哥裔女孩金佰利和兄弟会男孩贾格也加入了我们。我本以为贾格会同金发女孩们形影不离。毕竟尽管法国人办事毫无章法，项目里什么都少，就是不会少背着名牌包的金发女孩。

第三天我认识了上海人瑞秋。其实起初我便确定她是中国人，因为她的正脸像极了一个女明星，侧脸又像极了另一个女明星。只是她看起来似乎有些冷漠，令我十分胆怯。

“对了，你是中国人吗？”我寻到一个合适的时机，便用英文问她。

“是啊。”她用英文回答我。

“那你会说中文吗？”

“会啊。”

“这么巧，我也会。”

“啊，那你也是中国人吗？”

“是啊。”

“天哪，我一直以为你是越南人。”她难以置信地看着我。

托尼在一旁笑得上气不接下气，连忙继续补充：

“你们知道吗，刚到酒店那天，在电梯里，有一个杜克还是埃默里的高个儿女生问我是不是跟我妈一起来的，因为她在前台看见我和‘我妈’两个人……

“我一开始没反应过来，就说不是，走出电梯才想起来，当时……哈哈哈……在我边上的是……哈哈……昂……啊哈哈哈哈哈……

“她竟然以为许昂是我妈！”

阿诗丽、金佰利、瑞秋、贾格遂一起沉浸在欢笑里，而我摇着头，陷入长久的沉默。

晚饭过后，贾格和金佰利打算去看埃菲尔铁塔，托尼和阿诗丽欣然响应，我则不希望在项目开始的第三天便成为一名消极遁世的隐者，只好把贵重物品留在宿舍，带着手机和地铁卡，不大情愿地乘上地铁。

出站的时候，有几个警察模样的中年男子挡住了我们的去路。我一开始以为是查护照的警察，吓得险些跳起来，谁想只是地铁公司的安保人员要求查看我们的地铁卡。

我掏出藕荷色的长方形卡片，理直气壮地将它递给这位穿着灰色制服的中年男子。

穿着灰色制服的中年男子摆摆手，又摇摇头。我这才想起来我们的周卡上应该贴上自己的照片。巴黎在2月前属于最高警戒级别，故而警察们有权不用搜查证便可搜身。而地铁公司的安保人员若是在查验乘客们的地铁卡时发现卡上没有照片并罚款，虽然毫不合理，却也是十分正当的。

我和金佰利面面相觑，只见穿着灰色制服的中年男子掏出一支圆珠笔，大手一挥，在地铁卡上写下一串数字。我定睛一看，原来是第二天的日期。

这位穿着灰色制服的中年男子大手一挥："算了，去吧，明天如果还没有照片，就等着罚款吧！"

我如释重负，拿回地铁卡，挽住阿诗丽和金佰利，迅速逃离案发现场。跑了几步才觉得不对劲，蓦然回首，却发现两个男孩被扣留在了灯火阑珊处。显然穿着灰色制服的中年男子们没打算给予他们一日的宽限。

贾格比面前所有中年男子都高出两头左右，神情沮丧，却也乖顺地掏出信用卡。一旁的托尼却面红耳赤地与穿着灰色制服的男子争论着，我与他相识八年，从未见识过他如此铿锵有力地表达着自己的愤怒与不解。

“天哪，”我一边为他们感到难过，一边悲伤地明白，“原来托尼的法语词汇量和语速都不止我的两倍，他的法语实在是太好了。”

可惜的是，托尼流利的口语并未打动穿着灰色制服的男子们。最终贾格被罚款三十三欧元，而托尼被罚款五十欧元，因为他的卡上不但没有照片，还忘记随身携带地铁卡外面的塑料壳。

接下来的故事则更加离奇：

金佰利在远远地望见光辉灿烂的铁塔后瞬间热泪盈眶；托尼和阿诗丽对于密哈波大桥究竟在哪里争论不休；大家一起购买了两瓶廉价的桃红葡萄酒和六只塑料的笛型杯，却忘记了买开瓶器；贾格误将一条平凡的马路认作香榭丽舍大道，因而在一条并非香榭丽舍大道的平凡的马路上高唱着“噢，香榭丽舍”；托尼试图用一把钥匙开启第二瓶酒却把钥匙折断在了木塞里，那是他北京的家门钥匙。

而我，终于见到了朝思暮想的埃菲尔铁塔，感官与知觉却全都失灵了。

或许是风太冷，或许是夜太深，或许是我的反射弧太长。当我站在深沉而澄澈的天幕下，望着铁塔顶端优雅旋转的光束，试图在自己的心肺里探寻到些许感慨，却一无所获……直到一名怀抱花束、皮肤黝黑的青年在我们经过时伸出手，将三支在夜色里红得诡谲的玫瑰强硬地依次塞到金佰利、阿诗丽与我的手里。

我们拿着玫瑰疾步离开，他却追了上来。我们开始朝着铁塔下方的广场奔跑，他也跑了起来，紧随我们身后。

我们迷惑地奔跑了一会儿，停下来，把玫瑰还给了他。

# 地下铁

## 一

与我不同的是，金佰利天不怕地不怕。

她在蒙马特（Montmartre，位于巴黎市第十八区，塞纳河的右岸，以圣心教堂、红磨坊、美食、皮加勒红灯区，以及糟糕的治安名闻世界）的夜色里流连忘返，在空荡的地铁车厢里尖声大笑，在来到巴黎的第四天，便于一个交友网站上结识了一位名叫马修的法国朋友。这位朋友年龄不详，相貌未知，名字也可能是假的。

唯一可以确定的是性别：男。

我担心马修是一个游手好闲的七十岁男子，阿诗丽则猜测他或许是个向往花花世界的十五岁男孩。当然，金佰利既不希望他是一个游手好闲的七十岁男子，也不希望他是一个并不懂得花花世界的十五岁男孩。她满怀着憧憬，与马修约定在大学城地铁站旁的酒吧见面，尽管马修声称从不喝酒。

“为了练习法语，”她这样说，“也为了美丽的故事。”

与金佰利不同的是，我什么都害怕。

来巴黎之前，我在网上仔细地阅读了一年内的当地治安新闻；来到巴黎之后，我无时无刻不提心吊胆。能为我带来片刻安宁的，除了一盆从廉价超市里买来的兰花，就只剩下了窗台上的琼瑶浆（Gewürztraminer，闻起来像荔枝，也像乳酸菌饮料，是我在品酒课上最喜欢的白葡萄酒的原料。我还没有见过不喜欢琼瑶浆的人）葡萄酒。

好在我的朋友们为人格外友善，多数又信奉集体主义，故而无论我迟到多久，他们都会耐心地等待我的出现。因此，即使新生活已经开始了十天，我的旅程一直呼朋引伴、欢天喜地，从未形单影只。

直到一个艳阳高照的星期二下午，我的朋友们一起前往声名显赫的蒙马特观光，留下忙着更新公众号文章的我一个人在房间里。她们专程在《天使爱美丽》取景的咖啡厅吃了牛排和塔提尼（Tartine，一种涂满酱料的面包片），又拜谒了上学期法语课要求阅读的小说里提到的两条大街，最后在红磨坊光辉灿烂的牌匾前合影留念，并将照片上传至手机里的所有社交软件中。

我看见了照片，又发现自己新推送的文章无人阅读。正觉得苦闷无聊之际，瑞秋发来了微信：“你知道吗？在这里洗一次衣服竟然要三块五欧元！还不算烘干。”

我仿佛抓住了救命稻草，先是仪式性地表达了我的惊讶，顺便约她吃晚饭。

“你想不想出去吃饭？”

“行啊。”

“你想吃牡蛎还是‘活着的面条’？”

“活着的面条”是一家面馆。三天前我在那里吃了一碗水煮羊肉面，在辣椒中间发现了一根不长的头发；几分钟后，金佰利在她的羊肉拉面里发现了一根不短的头发。于是我们得出一个简单的结论：原来头发才是所谓“活着的面条”。

“都成，只要你知道怎么过去就行。”瑞秋随和又爽快地回复道。

两小时后，我和瑞秋胃里各自装满了牡蛎和薯条，一起走进夏特雷—大堂站乘坐大区快线。只不过她要继续向北乘车前往一个酒吧，那里有她在巴黎政治学院的新同学，还有交流学生中心提供的免费啤酒券。

我则向南，返回住处。

那时我与瑞秋不熟，她还未摸清楚我的脾性。因此我冷静而理智地与她道别，假装自己是一个已经独自乘坐过许多次地铁的、成熟的、从不依赖他人的青年女性。

瑞秋倒是不需要假装，她来巴黎一周，早已成熟地、从不依赖他人地独自乘坐过许多次地铁。因而在一番异常简短的道别后，她头也不回地走了。

我右手留在兜里，紧紧地攥住手机，眼睛则盯着铁轨上一只健步如飞的老鼠。巴黎地下的老鼠大多瘦小，不像地上的鸽子，一只只脑满肠肥、步履蹒跚。

这时广播响了，我只得急切地环视四周。

尽管金佰利和一位销售手提包的中国女士都告诫我在地铁上不要与任何人有视线接触，我却还是努力地移动自己的视线，因为广播里那一长串话，我根本没听懂。

我小心翼翼地观察周围人群听到广播后的反应，尽量避免闯进任何人的眼睛里；与此同时，沉默地告诫自己："人生要义乃平等、博爱、真诚……不要偏见，不要疑虑，不要戴有色眼镜。"

广播再一次响起来，我再一次什么也没听懂，又有一群人急促地离开了，我的心像一颗逐渐脱水的橙子。

此刻我有三个选择：

其一，在下一次广播响起的时候跟随人群离开，换乘其他路线绕道回家。

其二，立刻离开地铁站，在漆黑的夜里拦截一辆正规的出租车。

其三，继续站在原地，等候那辆不知何时才会出现的大区快铁。

在人生的旅程中，我时常面对诸如此类的选择：要么积极解决眼前的问题；要么及时向前看；要么从容而优雅地一动不动，等待问题自行得到解决。

## 二

事实证明，金佰利与马修的约会并不顺利。

尽管马修确实如他所说的一样，年龄二十上下，不会喝酒，但是他却在会面结束之际推说自己没有现金。金佰利只得为两人的饮料付了账。

阿诗丽比金佰利更加烦恼，因为一名来自南法的二十六岁男性在食堂一眼看中了她。阿诗丽本着多多结识法国朋友的态度与他互换了手机号，却没想到打那之后的每个深夜，他都会发短信来试图邀请她和他一起玩：

“我宿舍楼里的图书馆是全大学城最古老的图书馆，我觉得你应该来参观一下！”

“虽然已经11点了，但是我还没有吃饭，我觉得我们应该一起吃晚饭！”

“…………”

直到一个淫雨霏霏的周四，阿诗丽委婉地知会他自己已经有了男朋友。他终于停止邀请她同他一起玩，而她也失去了自己来到巴黎后的第一个法国朋友。

在金佰利和阿诗丽纷纷失去了她们的首位法国朋友时，我还在勉力消解自己对于巴黎地铁的恐惧。经过几日的反思，我总算获得了一个铿锵有力的方法论：通过透明的镜片观看眼前的世界，相信平等、博爱与真诚的力量；在一个人未做出坏事前，暂且相信他是好人。

接下来的几天里，我先是在大区快线上遇见了一位身材短粗的阿尔及利亚人，他热情洋溢地问了声早安，不由分说地将一张脏兮兮的黄色纸片塞到我手里。

纸片正面印着法文，背面印着英文，活灵活现地描述着他的饥饿。

我正思索着打印所需的费用能买来多少个充饥用的羊角面包时，他已在两节车厢内完成了折返运动，回到我面前，笑容可掬地伸出手。

我迷惑地站着，直到他低咒一声，从我手里抢回黄色纸片，愤怒地扬长而去。

把此事抛在脑后的我继续勤恳地欣赏巴黎的蓝天与河流。只是中午握着法棍三明治时，突然想起自己一直没有洗手，很是郁闷。好在法棍与烟熏三文鱼相得益彰，我吃得高兴，也顾不得干不干净。

巴黎一直在下雨。我们在雨中简短地参观了凡尔赛宫的园林后便打道回府，仍然乘坐大区快线，换乘一次。

这一回我遇见了一位穿着橘黄色外套的中年女人。周五晚上6点半自然是高峰时段，车厢中人满为患，可以与北京地铁一号线的拥挤程度相比。

我们一行五人好不容易在换乘站挤进车厢，恰好将这位穿橘黄色外套的中年女人围在中央。她身型矮小如一个孩童，头发柔软而参差不齐，眼睛里充满愤怒。我猜她不是巴黎人，因为巴黎人从不轻易用愤怒的神情看着陌生人，他们大多数优雅又冷漠，总是似笑非笑。

门开了，我感到自己的背后涌来了一群推推搡搡的人，这下中年女人更加愤怒了，像一只“扭紧了发条的橘子”，瞳仁中涌出少许火焰。

金佰利的新朋友比马修高许多，依旧是长头发，依旧来自交友软件。

我们见到他的时候，他嘴里叼着一根烟，一一与我们握手。他的手心冰冷而滑腻，像是两栖动物的腹部。虽然我的右手热情而有力，他却草草带过，让我不禁怀疑，到底怎样握手，才是正确而恰当的方式。

其实无论怎样握手才是正确而恰当的方式，他握手的方式都不关我的事。

重要的是他将会为金佰利的酒付账，重要的是金佰利会心满意足地跟他离开，重要的是无论他们的故事结局如何，金佰利都会拥有下一个美丽的故事。

美丽的故事总是周而复始，更迭不休。

第一次在巴黎独自乘坐地铁的我在听不懂地铁站解释延误的广播时有三个选择：

其一，在下一次广播响起的时候跟随人群离开，换乘其他路线绕道回家。

其二，立刻离开地铁站，在漆黑的夜里拦截一辆正规的出租车。

其三，继续站在原地，等候那辆不知何时才会出现的大区快铁。

在人生的旅程中，我时常面对诸如此类的选择：要么积极解决眼前的问题；要么及时向前看；要么从容而优雅地一动不动，等待问题自行得到解决。

我在原地一动不动地站了一会儿，突然发现自己需要乘坐的地铁其实在对面的站台。

# 我们去巴塞罗那

## 一

我在巴塞罗那酒店的天台上抽了这辈子第一根烟，薄荷味儿的。

玛德琳娜把烟递过来的时候，我没好意思拒绝，因为我向来不好意思拒绝别人。我不大想去阿姆斯特丹，因为我的几个朋友已经摩拳擦掌，扬言要抽出一整个周末，去阿姆斯特丹试一试迷幻蘑菇的滋味。

而我，既不想尝试蘑菇的滋味，又不想忍受拒绝朋友的尴尬，最好的选择，便是不去。

好在此时此刻没有蘑菇，只有桌子上的可乐和冰块儿、巴塞罗那的夜色和晚风，还有一根玛德琳娜递过来的薄荷味儿香烟。我用食指与中指夹着这根烟，觉得十分生疏，毕竟已经十年没碰过了。

上一回碰烟的时候我十岁，旁人给我爸递上一根烟，我劈手将它夺过来，就地掐灭在光滑的盘子里。如此反复三四次，那人便不再坚持。

因而我开始吸人生第一根烟前，简短地思忖了一下，如果我爸此刻也在这里的话，会不会像他十岁的女儿一样，劈手夺过这支烟，就地掐灭它？

直到四天后，我从巴塞罗那回到巴黎后，才发觉自己多虑了。

与我爸视频的时候我夸张地描述了尝试抽烟的经过，并且心虚地补充道："我可一点儿都没过肺啊。"

"你爸我好歹每年也抽五根烟，过不过肺还不知道？"他得意扬扬地说，"只要是抽烟，哪能不过肺？"

"那我可以把这件事发布在我的公众号里吗？"

我的公众号订阅者有一半是我的同学，还有一半就是我爸妈的同学。因此，我无论如何也要礼貌性地征求一下他们的意见。

"写倒是可以写，"妈妈的脸突然凑进手机屏幕里，"不过最好补充一下，说那虽然是你的第一根烟，但也是你的最后一根烟……

"要不然这么说，你就说：抽过第一根烟后，这辈子不会再抽第二根烟了……"

而我对着屏幕露出十二颗牙齿的同时，打定主意，我的巴塞罗那游记，开篇就要讲一讲烟的故事。

可是总归有人暗暗地笑：连烟都未抽过，哪里来的人生呢？连人生都没有，哪里来的文学呢？

我最害怕不合时宜的笑声，因此总归要未雨绸缪，防微杜渐：

“爸爸妈妈，如果他们嘲笑我从来没抽过烟该怎么办呢？

“爸爸妈妈，如果他们嘲笑我从来都没有人生阅历该怎么办呢？

“爸爸妈妈，如果他们认为一个没抽过烟、没有人生阅历的人无法成为一名好的艺术家该怎么办呢？”

爸爸在手机那一头，越过整块欧亚大陆，洋洋洒洒地说了一串话：

“首先，倚赖烟、酒、毒品获取灵感的艺术家一般活得比较短。

“其次，活得比较长的，或者真正有成就的艺术家，一般不从烟、酒、毒品中获取灵感，比如毕加索，比如高迪。

“最后，去了一趟巴塞罗那，怎么没有好好向毕加索学习呢？你去没去毕加索美术馆啊？”

毕加索全名巴勃罗·迭戈·何塞·弗朗西斯科·德·保拉·胡安·尼波穆切诺·玛丽亚·德·洛斯雷梅迪奥斯·西普里亚诺·德拉圣蒂西马·特林尼达德·鲁伊斯·毕加索，是西班牙不世出的天才。

天才在人间活了九十一年，故去前便功成名就——这在天才中是不多见的。

这位活了九十一岁的天才前半辈子在西班牙，后半辈子在法国与三个女人共同孕育了四个小孩儿，得到了西班牙、法国与世界上其他国家的赞赏。因此全世界一共有两座毕加索美术馆，一座在巴黎，一座在巴塞罗那。我和瑞秋都是自诩热爱艺术的青年人，在旅行前便早早打算好，此行可以不吃不喝，却不能不看毕加索和高迪。

最终，我们在美术馆的商店里买了几张印有毕加索早年作品的明信片，吃了西班牙小吃，买了两杯麦当劳的冰激凌，却没有好好向毕加索学习。

因为我俩起得太晚，赶到门前才发现，周日游客太多，美术馆提前闭馆了。

玛德琳娜是瑞秋的初中同学，生在香港，长在上海，在美国读书，目前在巴塞罗那进行为期一年的交换。她笑容甜美，长发飘飘，穿着皮夹克，偶尔抽一支烟。

“美国太无聊了。”她一边熟稔地弹着烟灰，一边时而提起自己过去几年的暑期经历，故事背景在非洲大草原上与以色列的炮弹声里来回切换。

回顾一下自己的暑假生活，觉得难以与之相提并论，只好在大家一起声讨美国人的时候热情地附和几句。讨伐进行到最热火朝天的时候，我简直分不清楚，我们来欧洲一个学期，到底是因为这里的都市太好了，还是美国的山村太糟糕。

与玛德琳娜告别的时候，我不小心将烟灰弹到了自己的可乐里，不远处米拉之家的天台，在暧昧的灯光里若隐若现。

## 二

拍照片是一种义务；看清景点内的每一块讲解牌是一种义务；涂上深色的口红，穿上丝袜和皮鞋也是一种义务。

只有老老实实地坐下来，在美或不美的景色里，什么也不看，什么也不想，才是我的心所渴望的。

不过所谓“什么也不看”，自然不意味着什么也看不见。

我坐在圣家堂拱顶下方的椅子上，视线还是依次掠过了拱顶上比那天的太阳还刺目的灯光、穿灰绿色大衣的阻止游客在教堂正中伫立的工作人员，以及十字架上双臂伸展、双腿蜷曲的耶稣基督像。

所谓“什么也不想”，便是自顾自地在椅子上坐好，眼睛直直地看着双腿蜷曲的耶稣基督像和虎头虎脑的工作人员，脑子飞快地掠过许多毫不相干的人与事，心里认真地对自己的灵魂发问：“待会儿的午饭我究竟更想吃墨鱼汁海鲜饭还是伊比利亚火腿？”

然而这个问题一如既往地难以回答，因为我总是不知道自己到底想吃什么。

来巴塞罗那共计三天半的时间，我原本打算至少吃四次西班牙海鲜饭，却只吃成了两次。

一次是在海边，我和瑞秋把鞋里的沙子清理干净后，一起分享了一锅龙虾捞饭。分量不小，因而吃到一半，海风便将饭吹得冰冷。

另一次是在市里街边一家便宜的小馆，七个人围坐一桌，点菜时却分裂成一个直角三角形和一个直角梯形。两个图形各自点各自的菜，各自说各自的话。

金佰利坐在梯形的底角上，我坐在她对面，尽管阵营不同，也还是要交流一番。

“你明天一定要去圣家堂！圣家堂真是太好了，我一进去就哭出来了。”金佰利望着我们这边的桑格利亚气泡酒，喝着自己杯子里的干红，大方地与我分享着游览圣家堂的感想。

“真的吗？”

“真的，实在太震撼了。”

“你还记得你第一次看到埃菲尔铁塔的时候也哭出来了吗？”

“记得。”

“那么圣家堂与埃菲尔铁塔，哪个值得更多的眼泪呢？”

“当然是圣家堂。”

“真的吗？”

“一定的。”

上了大学后，我一直成功地保持着一种顺其自然的心态。这样，即便我每日与那群试图改变自然的好朋友吃喝玩乐时，也总是拥有些理由来慰藉自己脆弱的心肠。

如此一来，生活中只剩下极少数的不大顺心的时刻：比如在蓬皮杜见到毕加索将一个丰乳肥臀的女性解构成一群三角形的时候；比如读《如果在冬夜，一个旅人》的时候；再比如见到高迪手笔的时候。

圣家堂有奎尔公园的两倍震撼，而米拉之家则有圣家堂的两倍震撼。我站在米拉之家的天台上，直勾勾地盯着铺满香槟瓶碎片的排气口和神情肃穆的烟囱——那些烟囱的确拥有表情，因为他们被高迪装进了三十个高大的雕塑。

原来，顺应自然的年轻人和试图改变自然的年轻人之间大约只差一个自知之明，而天才与天才梦之间又大约差了千里。

我最喜爱的电影是伍迪·艾伦执导的《午夜巴塞罗那》。虽然这个译名显得似是而非，我还是看了一遍又一遍，并酝酿出许多关于这座城市的幻想：

全城最高的山顶上有一座可以俯瞰整个巴塞罗那的游乐场；深夜里有沉默的男子沉默地弹着弗拉门戈吉他；海鲜饭中的米饭是夹生的；桑格利亚汽酒里全是新鲜的水果；我在某个街角一定会遇见一个为我带来灵感的雕塑，然后我会拎着一桶油漆完成一幅笔触潦草的画。

我在巴塞罗那为期三日半的旅行的第一站是高迪设计的奎尔公园。我在奎尔公园购买了一瓶雪碧，却没尝出我所期待的甜味儿。与此同时，鸽子从头顶掠过，爪子碰到了我的头发，阳光使人眩晕，风很冷，买票需要排队，电影中的古老游乐场在另一个更高的山头的树木中若有若无。

海鲜饭中的米饭比我想象的柔软很多，桑格利亚汽酒里只有几片干枯的橙子，与弗拉门戈吉他一同出现的并不是夏夜温柔的晚风，而是穿着民族服装的女人们在舞台上严肃地踢踢踏踏。

我没有画画，没有写日记，每天晚上在酒店的旅馆用瑞秋的平板电脑观看一档有许多著名歌手参加的综艺节目，看到兴起时分，总要打开手机里的唱歌软件，试图追赶女歌手们的音高。

我只好安慰自己：遗憾让我们的生活更加美好，毕竟世事大概不能尽如人意。

毕竟，20世纪的艺术巨匠毕加索虽然在巴塞罗那拥有一整座美术馆，却也要在周日免费为游客开放。

至于天才高迪，虽然建筑了高大伟岸的圣家堂与鬼斧神工的米拉之家，本人却身材矮小，在七十四岁生日前夕，被一辆有轨电车撞倒，于三天后在医院死去。

# 蒙太奇

## 一

3月7日对于所有康奈尔的学生来说都是一个大日子。

对于我，那是电影课期中考试的前一天，历史课期中测验的前两天，也是我在慕尼黑的最后一天。在慕尼黑的最后一天，我从早上4点15分睡到6点15分，梦还未做完就醒了，大约是由于定了五个闹钟的缘故。

6点15分我从做了一半的梦里醒来，乘坐火车四十分钟，刚好赶上9点15分的飞机回巴黎。下飞机时打了一个差点儿伤到耳朵的哈欠，搭机场巴士回到宿舍，放下行李，出门，搭五站地铁去学习如何制作马卡龙。我果然迟到了，老师也没有怪我，拿出几罐食用色素让我挑选自己喜欢的口味，我选到的口味是百香果巧克力，因而我的马卡龙是橙色的。

4点钟下课，我拎着二十个形神皆无的马卡龙回到宿舍，倒在床上，打开手机。手机里说，我们大学的校长去世了。确切地说，是朋友圈这样说，因为我那些从不发朋友圈的朋友们已经井然有序地排队哀悼起结肠癌晚期、前一晚在医学院去世的校长女士。

校长女士去世了，我无声地哭了一场，出门吃晚饭。晚饭是九块九欧元的比萨饼。饼上有茄子，有莫苏里拉奶酪，有鸡蛋，有青椒，还有几样我既没记住也叫不出名字的蔬菜。我把它们吃得干干净净后，在杂货店里买了一盒猕猴桃和一盒草莓。猕猴桃其实是生的，盒中靠里的草莓其实已经发霉了。

再次回到宿舍，我在搜索引擎上输入校长的名字，读了几篇措辞大同小异的新闻，更加激烈地哭了五分钟，始终难以平复情绪复习第二天电影课的期中考试。期中考试一共考三道题，均关于20世纪50年代末、60年代初的法国新浪潮运动。其实也不可能关于什么别的，因为这门课的名字便叫作“法国新浪潮”。

至于我的校长女士——一年前她在人文方草地上进行就职演说的时候，我在家里煮面条。面条是西红柿鸡蛋打卤面，需要一个西红柿、一枚鸡蛋与一滴香油。

西红柿鸡蛋面总是很好吃，我很高兴。当然，令我更高兴的是，校长女士是我们这儿第一任女校长，实在是了不起。然而我没有来得及高兴多久，作业与考试实在太多了。

可是3月7日这一天，我无暇顾及翌日早晨9点整的为时九十分钟的考试，以及罢工（巴黎的地铁司机们决定在3月8日集体罢工）可能导致的公交系统的瘫痪。我无暇顾及弗朗索瓦·特吕弗在《四百击》的结尾试图表达些什么。这样一个与平日并无分别的周一晚上，我得知校长故去了，再无暇顾及作业与考试。这样一个周一的夜里，我只觉得自己格外悲伤。

这种悲伤，是观看爱情电影时流下的泪水，或是磨破后脚跟时发出的怨叹所全然不能比拟的。

头一回，我还没有意识到自己在哭，就已经流下许多泪水，事后也无法写出任何准确的形容词来形容这样的泪水。

3月4日，旅伴瑞秋的钱包在柏林被偷了，丢失了五十块现金、两张银行卡、两张学生证、一张卢浮宫会员卡。

3月5日，我和瑞秋糊涂地违反了慕尼黑地铁的规章制度，各自被罚六十欧。晚饭时各自吃掉一些德国的猪肉，一同喝光一瓶一四年的茨威格。

3月6日，我和瑞秋在新天鹅堡的班车站花了五十九分钟等待一辆一小时来一班的大巴。福森白雪皑皑，我们几乎被冻僵。

3月8日，我考过试后，买了麦当劳当午餐，吃下第一根薯条后就后悔了。

3月9日，历史测验的试卷是老师用自己的手写稿复印的。老师笔下的字母全部连成一线，我几乎连题目都读不懂。回家的地铁上，四号线空荡荡的车厢里，比我多答了一倍题目的美国女同学坐在我的身旁，一路都在抽泣和试图停止抽泣。我觉得自己考得更差，所以并没有立场来安慰她。我坐在哭泣的她的身旁，发现自己竟然毫不难过，却又为自己竟然毫不难过这个事实而感到悲伤。

3月10日，朋友圈里一派歌舞升平，没有什么大事发生。

## 二

> 安托万逃离郊外的球场，在森林里开始奔跑，越过山丘，直到大海。

我以为他会一直向前奔跑，把导演与摄像师远远地甩在身后，跑进海里。但是他在海水刚刚没过脚面的时候停了下来，转身面对镜头。那是1959年，离我们这代年轻人出生还有三十来年，离“新浪潮运动”的代表人物弗朗索瓦·特吕弗出生亦过了快三十年。

总之1959年，特吕弗将自己的少年经历改编为一个浪漫又悲伤的剧本，令一位少年表演一个名叫“安托万”的人物形象。那些以安托万为主角的长镜头经过一些潇洒而谨慎的剪贴后被搬上了银幕，为特吕弗拿下了戛纳电影节最佳导演奖。那时的他还不曾熟练使用蒙太奇手法。

其实我根本不清楚特吕弗与蒙太奇之间的联系，因为我把他和让–吕克·戈达尔搞混了。

“《四百击》里是不是没有蒙太奇？”我本着严谨的态度发微信询问好学生托尼。

“没有吧。”托尼说。

“所以特吕弗压根儿跟蒙太奇没关系？”我言之凿凿地追问，“只跟戈达尔有关系？”

“《射杀钢琴师》里有很多。”

我这才发现，我一直把特吕弗的《射杀钢琴师》与戈达尔的《断了气》搞混了。

“所以我们上课没看过《断了气》吧？”

“上节课看的。”

我感到非常惭愧，无法继续这一场对话。

2月的某个再寻常不过的周三晚上，我和托尼一言不合，急火攻心，于是抛下他与在座的阿诗丽和金佰利，从巴黎第七区的一家汉堡王夺门而出，飞速地越过一个试图拦住我的流浪汉，头也不回地走了。

当时我并不知道的是，回头也没有什么大碍，因为并没有人追出来。

好在我脚下生风，一人独行在巴黎的夜里，几乎以为自己是个快意恩仇的武林中人。直到脚下的风吹在脸上，使我清醒过来：

武林中人的胃里不该有奥利奥旋风冰激凌，不该有萎靡的、没有番茄酱的薯条，更不该有小规模的汉堡和汉堡中的两片酸黄瓜。

两周之后我在布鲁塞尔吃到了滚烫的、几乎将舌头灼伤的、同手指一样粗的薯条，才意识到，薯条既不来自诸如汉堡王的快餐店，也不来自其“冠名商”法国（French fries）。此外，蹂躏过全世界的快餐马蹄铁总算无法临摹到这项食物的精髓——发源地比利时的薯条，竟然是好吃的。因而，任何美食，若是批量生产，传播迅速，一定不能保证其质量。

我们在比利时的导游祖籍上海，在香港出生，少时便来了比利时，已然有了比利时人的自豪感。

路过比利时民族品牌德尔沃时，他极力向我们赞赏这个“丝毫不输给路易·威登”的牌子。第二天，旅伴杰西卡走进德尔沃门店，迅速拎起一个绿得温柔又浪漫的包。

我打趣杰西卡：“你这是拿你妈妈的钱给她买礼物呀。”

杰西卡温柔而浪漫地笑了：“啊，我自己已经挣钱啦。”

我这才想起来，作为未来投资银行家的她每个暑假都在投行实习，收入十分可观。

“真棒！”我由衷地夸奖她，并且由衷地感到内疚。

大一的春季学期我在北校区的食堂打工三个月，工作职责主要是切甜点、端甜点，工作时间则是下午4点半至晚上9点半，每小时工资税前大概是九块二毛五或者八块七毛五，我已经记不清楚了。但是由于工作时不允许吃东西，午饭与晚饭常常要隔十小时之久。如此我便找到了一个冠冕堂皇的借口——我的胃痛应当全部归咎于那半年的不规律饮食，与我的宵夜习惯压根儿没有关系。

总而言之，这份工作大概是我做过的最了不起的事情。虽然我切过手、旷过工，也自作主张地扔掉过一些看起来过期而主管不认为它们过期的蛋糕与派，可是我每周无论怎样都要拿出至少五小时，不迟到也不早退，勤勤恳恳地服务我的同学们，日复一日地体会服务行业的辛苦。

不出意外的话，在遥远的未来，我也会成为服务业中的一员。我对于自己未来的职业已经不抱有任何幻想，毕竟我作为所有合同上的乙方，领得的工资都是服务费。

然而，成为一名乙方、得到一份合同也是无比艰难的。我实在不知道，究竟哪一天，我才能用自己的工资给我妈也买一个绿色的德尔沃。

我妈三令五申：一、她只喜欢黑色；二、她压根儿不需要我给她买包。

我何尝不清楚，她只希望我好好吃饭、好好学习。

好好吃饭的楷模是我的高中同学、闺中密友丫丫。丫丫为了健康与美，三年内只吃了两根薯条，从未喝过任何可乐。而好好学习的楷模自然是朋友托尼。尽管他的饮食非常不健康，但是他有完美的成绩单、努力拼搏的精神和考取法律博士的宏大理想。

“妈妈一点儿都不在意你成绩怎样，但我需要看到你的付出。”她总是在欧亚大陆的另一端试图唤醒我身体里沉睡已久的意志力。

“如果你有托尼一半儿努力，法语也该学会了。”

每当这样的时刻，我总得尴尬地提醒她，我和托尼已经闹翻了。他说我完全不像我的照片，我说他根本像吉娃娃，各损一千，朋友已经没得做了。

3月13日，我在起床前不小心把自己的脖子扭了。

3月12日，我和瑞秋一起去了卢浮宫，本来打算不走寻常路，反游客之道而行之。谁知两个半小时后，能记下来的参观过的馆藏除了几幅大卫和德拉克洛瓦的画，就只剩下了“卢浮宫三宝”：蒙娜丽莎不可告人的微笑、无头的胜利女神、断臂的维纳斯。晚上我们在蒙马特吃了鹅肝焗蛋、蜂蜜鸭胸肉与法式烤布蕾。

3月11日，我什么也没做。

3月10日，我从文学课上领回了一份分数不错的作文，用微波炉高火加热了一份速冻博洛纳肉酱面。

3月9日，我经历了一场糟糕的历史测验，有些心灰意冷。

3月8日，我的电影期中考试和麦当劳的薯条都不尽如人意。不过往好处想，至少接下来的几个月，我已经不愿再吃快餐了。

至于3月7日，已经过去六天了。

# 不要在慕尼黑逃票

## 一

多年以来，我一直是名遵纪守法的公民，直到我走进了慕尼黑火车总站的警察局。

和我一起走进警察局的女生是瑞秋。

瑞秋有一张明星脸，时而像一位异军突起的知性女明星，时而像一位不温不火的气质女明星。用她自己的话说，她比知性女明星好看一点儿，而气质女明星又比她好看一点儿。

不过作为我过去四趟旅行的旅伴，比好看的相貌更难能可贵的，是她识途记路的高超能力。她就像一台活的导航仪，对于方向感不太灵光的、需要同时使用指南针与地图的、常常走弯路的我而言，犹如雨里伞和雪中炭。几番下来，我们形成了良好的分工：我负责决定去哪儿吃饭，她负责带我去。

不过我这么大费周章地夸奖她，并不是为了促使她为我转发，尽管她曾经说过：如果我写一篇文章来表现她讲话多么有道理，她一定会开开心心地把它分享到朋友圈里。

飞去柏林前的早晨，一夜未睡的我将一个随身的旅行箱藏在身后，在教学楼门口的安检处试图蒙混过关。

每当我试图蒙混过关的时刻，命运从不让我全身而退。门卫在查看过我的书包后冷漠地拦住我，要求我把箱子打开。毕竟全城仍处于最高警戒级别，因此这一切全部是情理之中。可是我仍旧觉得尴尬，只能硬着头皮把箱子摊开在门口的桌子上。

身后，队伍里巴黎第七大学的法国学生大概也从来没见过任何一个拎着行李箱来上学的人。

接下来，我胆战心惊、食不知味地在有着奇怪鸣响的教室里度过了三小时——我一度以为是自己耳鸣——生怕自己在下课后的一个小时四十分钟内无法赶上飞机。

谁想到，我只花了十八分钟便抵达了奥利机场，又花了五分钟便通过了安检。

“天哪，这是一个多么好的预兆，”吃着芝士挞的、昏昏欲睡的我坐在候机厅的咖啡店里，一边看守着自己的行李箱，一边幸福地想：“此番德国之行，不知道该多么顺利。”

三分钟后，登机口的黑人大姐面无表情地告诉我：“你得从队伍里出去，把你的书包装进箱子里。你上飞机只能带一个箱子，就这么多。”

五分钟后，黑人大姐的眼睛开始向天看：“你得从队伍里出去，把你的挎包也装进箱子里。不是收了书包就行的。你上飞机只能带一件行李，懂吗？你真的懂吗？”

虽然她没有看我，但是没关系，我也没有看她。我一直盯着我前方两米处一位既背着书包，又拖着行李的红发男子。

四分钟后，我手里捏着护照、手机和箱子的钥匙重新进入了队伍，把耳机、水、巧克力，还有随身的本子都被留在了撑得变了形的箱子里。又过了两分钟，大姐没好气地抢过我枣红色的护照，眯着眼翻了一个遍，不动声色地还给我。我条件反射般地说了句“谢谢”，她却已经向下一个人问好了。

五分钟后，黑人大姐得了闲，低头玩弄她的指甲。我转过身，指着前方背着背包的男子：“为什么他可以这样？”

不过在话说出口之前，黑人大姐与我四目相接的那一刻，她瞪了我一眼，以至于我的问题压根儿没有离开我的嗓子。

晚上，疲惫又悲伤的我兴冲冲地携瑞秋前往柏林爱乐乐团音乐厅，企图碰碰运气现场买票。这一场的指挥是马里斯·扬颂斯，拉脱维亚人，今已七十七岁高龄，曲目则是他本人所擅长的柏辽兹的《罗马狂欢节序曲》。

我们很幸运，买到了两个极佳的座位。

上半场开始前，我生怕自己犯困，便在大厅里喝了一瓶可乐，却还是睡着了。我感到无比惭愧，一是因为七十七岁的指挥家与全场几百位七十岁上下的观众都没有睡着；二是因为在大厅里一派衣冠楚楚、觥筹交错的光鲜景象里，穿着牛仔裤的瑞秋和我不喝红酒或香槟，执意要喝可乐。

下半场开始前，为了避免重蹈覆辙，我又喝了一瓶橘子汽水，试图刺激自己的大脑皮层。在观众席坐定后，我紧盯着乐团最后部敲锣的那位，每每在眼睛快要合上的时候，就掐一下自己的左臂。

同去的瑞秋幸灾乐祸地向我形容："你睡觉的时候头一点一点的，后面的人一直在看你，他们可能以为你癫痫发作了。"

我嘴上对她的形容表示极大的愤慨，心里却缜密而飞速地盘算着：一个月后的周五，小泽征尔要与柏林爱乐乐团合作，指挥莫扎特和贝多芬的曲子，我一定要为此再飞来柏林一回。为了成全这样冲动而不负责任的决定，我甘愿虔诚地学习三十天，每周写作五千字，每日听一个半小时的法语广播。

十五天后，我在巴黎的宿舍里，手里捧着刚加热好的咖喱饭，打开柏林爱乐乐团的官网。在我发现小泽征尔所指挥的两场音乐会的票都卖光了的时刻，只觉得前所未有地绝望。不过那都是后话了。

## 二

在柏林的第二天，我与瑞秋行进至勃兰登堡门的时候，她发现自己的钱包不见了。

这事儿来得毫无征兆，她大概怎么也想不到，躲过了巴黎，躲过了巴塞罗那，却没躲过号称治安最好的柏林。

与此同时，我因为吃了太多次咖喱香肠，又发现德式猪肩、猪肘、猪脚的皮都像石头一样坚硬，期待全部落空。

那么，旅行的意义到底是什么呢？

翌日，我们离开柏林这个伤心之地，前往慕尼黑。这回的航空公司在飞机上发放了可乐和巧克力，我的伤心立刻云散烟消。

“天哪，这是一个多么好的征兆。”我挥舞着巧克力对瑞秋说，“说明我们在慕尼黑可以玩得开心。”

下了飞机，到了机场旁与市区往来的火车站，我们看见一辆火车停在站台上即将离去，便兴冲冲地冲了上去。

反正没有检票闸，待会儿肯定还要买交通日票，下车再补票也没有关系，我想。

然后我就戴上耳机进入了甜美的睡眠——前一天为了更新推送写作至凌晨4点半，一小时四十五分钟后为了赶飞机就起床了。

待我醒来之时，一位系着领带的老年女人在挨个查票。

瑞秋说：“我们现在买票。”

女人和气地说：“好，六十欧一张，要现金。”

我和瑞秋都傻眼了。

或许因为老年女人的英文水平实在有限，一名好心的年轻男子便过来帮忙翻译，他的英文果然流利许多。瑞秋只好说我俩没有那么多钱。

这倒是真的，我俩确实没有那么多现金。如果瑞秋不丢那五十欧现金的话，刚好够付。毕竟常在欧洲走，哪儿能随身带现金。

男子却说：“你们在火车站下车，那儿就有提款机。”

“他们这是要让我们下车啊？”

“好像是啊。”

在全车乘客的注目礼中，我俩灰溜溜地下车了。

“好了，你们钱也取了，一百二十欧拿来吧。”

“可是……”

“可是什么？一百二十欧！”

“你们都没有穿工作人员的衣服，我们不知道你们为谁工作。你们说六十欧，就是六十欧吗？如果给我们看一下铁路公司的官方条款，如果有一个有法律效力的文件告诉我们，在火车上发现乘客没有票，就罚款六十欧元，那我们就把钱给你。我们要看文件和你们的身份证明。”

“你说什么？我们听不懂。”

“我们只想看一个正式的、官方的文件。我们想看到一个条文，上面写着罚款六十欧这件事。”

“给你看。”

“但这个文件是针对难民的呀，上面明明白白地写着‘避难者’。你看我们是难民吗？我们护照都在身上，你觉得这个条文适用于我们吗？”

“六十欧！六十欧！六十欧！你们给不给钱？！

“是啊，如果你们不想给钱的话，我们也可以在这里耗上一天。给钱，走人，多简单啊！”

“要不就给他们算了？”

“可是他们都没穿工作服，怎么知道他们是谁？万一六十欧是他们随口说的呢？”

“要不咱跑？”

“已经错过最好时机了，而且他们三个人，咱们两个人，又拎着箱子，怎么跑得掉呢？”

“六十欧一个人，给不给？六十欧！一百二十欧！六十！一百二十！”

“我们不是不能给，是得说清楚。哪儿有明文规定说这件事啊？”

“那你去问警察？警察局就在这儿！你们敢不给钱！要不我们带你们去找警察！警察！警察！”

“好啊，走吧，我们去找警察。”

“警察应该不会遣返我们吧？”

“怎么会？都扯皮这么半天了，一听‘警察’反而走了，那不是做贼心虚吗？咱们就去讲讲道理去。”

“罚款当然是应该的，但是我们首先想看这些人的身份证明，他们都穿着便衣，刚才我们也不知道他们到底是不是工作人员。

“而且不但车站里没有任何告示说明六十欧元这个数目，他们也不给我们出示任何官方的文件，没有任何白纸黑字告诉我们，六十欧元不是他们随口说出的数目。

“我们是第一次来德国。在法国也好，在任何其他国家也好，进站时都有检票闸口，不买票是绝对进不去的……”

“我们德国可跟法国不一样。在我们德国，就是没有检票闸口。我们德国人，都是自己买票的。”

“当然应该买票。可是我们一路上也看不见卖票的机器，也不懂德文，搞不清楚在哪里买票。就是因为没有检票的闸口，才让人有一种上车后再买票也来得及的错觉。”

警察优雅地微笑着，云淡风轻地用德语说出了一长串话。

三个便衣立刻从兜里掏出德铁的工作证，又拿出罚款的机器，给我们指着，上面只有六十欧元一个选项，不能随便规定数目。

问题愉快地解决了。我们交了钱，青年男子有些不好意思，便跟我们挥手告别："回见！"

我俩不太想和他回见，揣着空空如也的钱包离开。

瑞秋带来一张信用卡、两张借记卡和一些现金来柏林，我带了一张信用卡和一些现金来柏林。现在她剩下一张借记卡，我剩下一张信用卡。

"我们真的给德国的国内生产总值做了不少贡献。"瑞秋说。

"是啊。"我说。

"可是尽管如此，我还想再多做一点儿。我一个月后想去柏林看小泽征尔。"

# 蛋挞蛋挞

## 一

假如以今日之科学来阐述1755年里斯本地震的规模，震级大约是九，死伤人数在六万人至十万人之间——当代的地震学家这么说。

由此，我们的头脑中约莫浮现出这样一个场景：二百六十年前的11月，秋天和冬天之间的一个早晨，一股气势汹汹的力量从欧亚板块与非洲板块的交界处出发，来到国力距鼎盛时期相去甚远的葡萄牙，将首都里斯本一分为二。随后，海水和火焰前赴后继地吞没了或许正在制作蛋挞的妇女、或许正在捕捞鳕鱼的男人。从此，这个幅员窄小、人丁稀少、只剩下几个殖民据点的国家正式地放慢了脚步，朝着下一个千禧年走去。

不过蛋挞似乎并不是葡萄牙人的专利。再往前看五百年，已经有了关于英国国王的国宴上一种用蛋、奶、糖与面粉烤制出的甜点的记载。至于有据可靠的葡式蛋挞，则是五百年后的事情。19世纪的某一天，里斯本贝伦区热罗尼莫斯修道院的修女开始制作葡萄牙人自己的蛋挞，直到1820年修道院关闭。

好在1837年，贝伦区的贝伦饼店开始售卖修女们的蛋挞，葡萄牙人便开始将贝伦饼店的蛋挞唤作贝伦挞。欧洲人总是喜欢用地名定义美食和美酒，倒也合情合理，便于记忆。

我和我的旅伴在贝伦饼店买了六个蛋挞。其实我们都想再多吃一点儿，可是盒装的蛋挞不是六个就是五十个，我们无福消受后者。唯一美中不足的是，直至第二天早上，我们各自吃光了自己的分量，也没意识到被我们拆解入腹的，是整个国家最正宗的葡式蛋挞。加之行前我对于它寄予了过高的期望，以至于真正吃到嘴里的时候，只觉得虽然它的皮儿很脆，馅儿却太甜了。翌日早晨，蛋馅经过冷藏后口感提升不少，酥皮却又可怜地变成了面饼。

至此我意识到两件事：真正的葡式蛋挞，不但不如国内某家快餐店里经过改良的产品合我的口味，也压根儿不是其他蛋挞的祖先。

由此可见，一个知识匮乏的人，在旅途中，总会因为头脑中信息与现实的不对等，产生许多不知从哪里来、又不知到哪里去的错觉。

不过这样看来，1755年里斯本大地震发生的时候，应是没有人在制作蛋挞。

在里斯本的最后一个早晨，我来到了阿尔法玛区。

阿尔法玛区坐落在特茹河畔的山坡地带，在1755年的地震中幸免于难，因而是全城最古老的区域，也是每一篇旅游指南所推荐的“绝不能错过”的景点。

正好我的酒店在另一个“绝不能错过”的景点——罗西欧广场附近，离阿尔法玛不到十分钟的路程。

在平缓的山坡上爬行了一会儿后，我问我的旅伴：“那阿尔法玛从哪儿开始呢？”

我的旅伴伸手一指：“看，就是这儿。”

观景平台上有一位中年男子弹着一把没有琴身的吉他，帽子在脚下，曲子则是我在希腊的岛上和路旁常常听到的，以至于我有了一种自己身在圣托里尼的幻觉。

曲子结束前，我眺望着大海——三天后我才知道我看见的不是大西洋，而是特茹河——逐个回想我和我爸在希腊吃过的每一顿饭，不由觉得甜蜜而惆怅。正当我想起我俩因为看不懂菜单而点了一盘四人份的海鲜拼盘的那一刻，一个举着相机、带着女友的白人男子一把推开了我，冲我高喊了一串疑似葡萄牙语的话。

我推测出他的意思："我要照相了，你快闪开，不要阻挡我给我的女朋友拍美丽的照片！"

不过他的取景器里，只有一艘停靠在岸边的游轮。

## 二

里斯本全城共有五路电车，号码分别是：12、15、18、25、28。

其中15路最为神通广大。去程我从特茹河畔的商业广场上车，在热罗尼莫斯修道院门口下车；回程我在贝伦饼店马路对面上车，在商业广场的前一站下车，走回罗西欧只花了七分钟。更妙的是，虽然乘车的人极多，我和旅伴在来回的路上都好运地找到了座位。即便我对面一位年过六旬的、坐在丈夫腿上的可爱女士在拧开一瓶气泡水时将水洒在了她自己和我的身上，也没有影响我的心情。因为她飞快地解释，那只是水而已，不是什么含有白砂糖和食品添加剂的透明碳酸饮料。

28路电车则更加神奇，车厢只有短短的一截，车身则是醒目的深黄色，在老城区的山路上穿梭行进。所有的旅游指南都建议我乘坐28路游览阿尔法玛区，并且随时下车从而“迷失”在景色中。不巧的是，那几日我的腿脚格外勤快，又有一个方向感极好的旅伴，遗憾地错过了“迷失”的大好机会。

无论如何，里斯本的乘车费用都十分便宜。在彩票站买一张工本费（相当于）五毛的交通卡，一天六欧元就可以随心所欲地乘坐任何公共交通工具。若是买月票，三十五欧元就够了。

相比之下，巴黎的地铁月卡价钱正好翻了一倍。每当我将一张绘有文艺复兴建筑的橙色大钞和一张绘有哥特式建筑的蓝色小钞送进地铁站的机器中时，都会听见自己的心脏发出“咔嚓”的声响。

机器吃进“三盆勃艮第红酒炖牛肉”和“一瓶十元的勃艮第博若莱红酒”后，总算显示：充值成功，可以把地铁卡拿走了。

从阿尔法玛区离开的时候，我由衷地以为，若是没有高迪的米拉之家，这里将会是整个伊比利亚半岛最沁人心脾的景观。

毕竟，绝佳景色的形成不过三个必要条件：大海、山坡与民居。阿尔法玛如此，圣托里尼如此，西西里也是如此。

如此，我的里斯本之行便结束在了高潮上，我愉快地想，毕竟绝佳的旅行不过意味着一件事：今天比昨天更好看，明天比今天更好看，离开的那天看到的则是最好看的。

然而，蒙昧的我沉溺在极度愉悦的心情里，却不知道，伊比利亚半岛不止西班牙和葡萄牙两个国家——还有高山上的安道尔、英属的直布罗陀；西班牙除了巴塞罗那还有瓦伦西亚和塞维利亚，而葡萄牙还有波尔图。

所以，我们大概可以得出这样一个结论：旅行次数越少，便越容易产生所在之地即天堂的幻觉。那么旅行的意义又究竟是什么呢？如果走的路愈多，愈加难以快活，那我又为什么要逆着地球转动的方向，乘坐两个半小时的飞机，来一座陌生的城市，品尝八个不尽如人意的蛋挞？

总之我没有来得及思考这个问题，因为突然下雨了，我的旅伴想吃意大利冰激凌，我们便在避雨的途中顺便各自购买了一杯冰激凌。我的那杯有五个口味：百香果、香草、酸奶、咖啡、提拉米苏。

我愉悦地一勺接一勺地吃着冰激凌，侧耳听着雨声和雷鸣，全然料想不到，五十分钟后，我们将会误了飞机。

# 勃艮第之春

## 一

清明节的周末，爸妈各自回了老家，我则随着活动中心的安排前往勃艮第进行远足。

约定好的出发时间是7点45分，地点是夏特雷广场，离我住的地方大约有十站地铁的距离。我来不及吃早饭，带着一壶匆匆泡好的水果茶，一分钟不早、一分钟不晚地登上了大巴。

8点10分，带队老师决定不再等下去。于是她一声令下，两名导游与十几名青年松散地坐在宽敞的大巴上，在巴黎清晨冰冷的雾霭中出发了。

中国朋友们一路上戴着耳机睡得东倒西歪，美国朋友们一路上三五成群笑闹不断，谁也无暇观赏沿途的风景。

司机中途休息的时候，导游发给每人一个原味的布丽欧。前一日中午我在盖伊·萨沃伊餐厅吃了午饭，饭后出门的时候他们赠送了餐厅旗下甜品店的布丽欧。午夜时分我犹豫地打开了这袋据说是全巴黎最美味的布丽欧，只觉得葡萄干太多了。这倒也无可厚非，布丽欧原本便该拥有奢靡的气质。就像《忏悔录》里的法国公主说的那样：“农民们没有面包吃了？那就让他们吃布丽欧蛋糕吧！”

世事多么奇妙，晋惠帝穿越了一千五百年的时光，总算在大陆的另一端选到了一位金发碧眼的知音。

然而导游发下来的布丽欧却朴实无华，不但口感有几分像我二姨蒸的馒头，而且味道也不如蘸着少许玫瑰腐乳的馒头一半好吃。

我在北京的时候从不爱吃馒头，离开家后却总三不五时地渴望这一样平平无奇的面食，也是怪了。

确切地说，此行的第一站，是勃艮第大区约讷省阿瓦隆区的弗泽莱县，我们要在那里参观一座中世纪建成的隐修院，还要在那里自己掏钱吃一顿午饭——两天里唯一一顿自费的餐饮。

整个弗泽莱的人口不超过五百。也就是说，如果全县的居民组成方阵站在我高中的操场上，发出的叫喊声将还不如一个年级的声音响亮。难怪导游带着我们攀登平缓的山路时，我所看见的、听见的，只有沉浸在说笑中不能自拔的美国同学们。

“那么这里的人都在哪里呢？”我问同伴。

“不知道，”同伴摇摇头，“或许都在两旁的房子里吧。”

“好吧。”我气喘吁吁地说。

我俩几乎已经被大部队甩开了十米，只余一位导游神情肃穆地走在我们身后。

“你行不行啊，”同伴笑道，“你看我俩走得这么慢，像不像老年旅行团？”

我心下不以为然，拽着她的胳膊，脚步干脆再慢一点儿。

弗泽莱隐修院全名“弗泽莱的圣玛利亚·玛达肋纳圣殿”，始建于公元1096年，被联合国教科文组织收录进了《世界遗产名录》。根据导游的说法，圣玛利亚·玛达肋纳便安葬于此，因此隐修院才有了这个名字。

虽然我不知道圣玛利亚·玛达肋纳是哪一位，但我想她一定是一位重要的女士。

或许因为整座建筑采用罗曼式设计，半圆形的拱顶比比皆是，于是对称的画面也随处可见——多么方便拍照。我离开导游和人群，假装手中的不是手机，而是我爸的佳能，架势十足地时而蹲下，时而伸长双臂，心中则反复默念他的话：

一张好的照片，首先要横平竖直。如果层次和元素太多，就把照片调成黑白，来掩饰水平不够的事实。

然而事实是，二十分钟后，我的手机里所有照片几乎都是歪的——或许是因为我手抖。我只好给它们都加上了黑白的滤镜，但又气馁地发现，即便如此，照片也没有遂了我的愿，成为一张简单又震撼的惊世骇俗之作。

“如果爸爸在这儿，他会怎么拍？”我绞尽脑汁地回想。

“不行，我不能受他影响。一千名摄影师镜头里有一千个圣玛利亚·玛达肋纳圣殿，我要找寻自己的内心，寻找内心真正认可的风景……

“但是这是一个优胜劣汰的世界……”

开始吃午饭后，我的思考便中断了。

“埃普瓦斯城堡实在是太难看了，”同伴们七嘴八舌地抱怨，“为什么项目不带我们去个好点儿的地方？法国的城堡明明那么多……”

好在城堡一楼餐厅的长桌上摆满了面包片，面包片上则涂满了埃普瓦斯奶酪——传说中拿破仑最钟爱的奶酪。桌边还有两瓶红酒和一扎冰水。

二十个人蜂拥而上，不到十分钟就将所有食物和饮品一扫而空。

旁边的美国男生问我："你吃出这两种奶酪的区别了吗？"

"完全没有。"我如实回答道。

"那我们这儿真是有个非常复杂的上颚啊。"（大意：那你的味蕾也是挺灵敏的）

"这红酒真是不怎么好喝。"我说。

"是啊，够稀的。"他说。

晚上，二十个人下榻在郊外的一家三星旅馆，一起在旅馆的餐厅里品尝了像石头一样坚硬的火鸡肉。

"火鸡"在法语中的发音近似"蛋得"。翌日早晨，"蛋得"显然成了大家拿来取笑彼此的贬义词。

## 二

大家谁也不知道导游的名字，不过一位女同学管她叫"快乐女士"。

"昂，你看见快乐女士了吗？"这位女同学在丰特莱修道院大门口这样问我。

虽然我不知道她在哪里，却由衷觉得这个叫法非常贴切。

“大家听一听，这里的回声多么响！”快乐女士在十字架前兴奋得手舞足蹈。

“这个教堂的声学环境非常好，你们如果想唱歌的话可以唱一唱！这里真的十分适合歌唱……”

“这个回廊也有回声！真的没有人要高歌一曲吗？”

“这个修道院也在联合国教科文组织的《世界遗产名录》中，1981年正式进入名录的。法国一共有四十一项世界遗产……”

“……有人能回答这个问题吗？”

“答对啦！奖励你一颗糖！”

“……那么这个问题呢？你们快踊跃地猜一下！……不对……这个也不对……啊！你终于答对啦！宾果！糖！……莫妮克会给你们糖的，你们别忘了朝她要！”

莫妮克是我们的带队老师，短发，圆眼镜，常年穿着灰色衣服，记不住大家的名字，却和蔼可亲。她站在队伍的边缘，突然听见快乐女士提到自己，也愣了一秒钟。

丰特莱修道院位于科多尔省的马尔马尼，是一座始建于12世纪的熙笃会隐修院，由熙笃会的领导人、中世纪神秘主义之父圣伯纳德主持修建。熙笃会虽遵循圣本笃所创建的本笃会修道院制度，教义中却多了许多清规戒律：修士们不交谈，清贫地生活，终身吃素。

为了使修道者过上自给自足、鸡犬相闻却不相往来的乌托邦式生活，修道院中除了必备的教堂、回廊、餐厅与寝室，甚至还有自己的面包房和钢铁厂。

我走在修士们一千年前走过的石板路上，时而义愤填膺，时而想入非非。

这两种强烈的情绪在丰特莱寡淡的景色里尤为不合时宜。我却仍然不能停止地设想，若是我在勃艮第的山里住上一年，不与任何人发微信，不与任何人说话，不上网，不读政治新闻与娱乐新闻，每日喝茶、读书、扫地，实乃天大的乐事。

“世风日下，时运不济，”我半真半假地感叹，“互联网实乃万恶之源。”

“如果没有网络，你怎么更新公众号呢？”一旁的同伴问。

“如果没有网络，我就把我的文章印出来，站在山村的路上，给每个路过的行人一人一份，”我短暂地思忖了一下，“但是这不重要。趁着大家不在，你陪我回回廊里去吧，我想体验一下回声效果。”

在我嘹亮地高唱了五首激情四射的歌曲之后，修道院的安保人员出现了。他先礼貌地夸赞了我的声音，又礼貌地告知我们：现在修道院里住了人家，还是不要打扰他们的为妙。

我悻悻地离开了回廊，登上大巴。坐在第一排的莫妮克给了我一颗糖，以嘉奖我放声歌唱的勇气。

清明节的周末后，我从勃艮第回到巴黎，继续过起按部就班的日子。

一日上学的路上，我偶然抬起头，才惊觉路旁的枯树上又绽了新芽。

春天来了。

# 打开巴黎的正确方式

你坐在波音773上，翻开《局外人》中译本的第一页。如果你的心脏周围有泪腺，它一定早已泪流满面了。只是空姐突然送来一份飞机餐，你放下小桌板，无聊地吃下几块油腻的鸭肉，便以一个不太舒服的姿势沉沉睡去了。

在此之前，你背下了一首波德莱尔的诗，阅读了《存在与虚无》的序言，也知悉了萨特和波伏娃之间的诸多故事。假使你那时知道福柯的话，你一定会购买至少一本福柯的作品，在笔记本上摘抄下十个名句。

飞机即将降落在巴黎北郊的戴高乐国际机场，你已经完成了你在巴黎要做的第一件事。

第二，你要在蓬皮杜美术馆的天台上观赏日落中的埃菲尔铁塔，以及除了铁塔之外没有名字的景色。你还可以试图和巴黎的晚霞合影，但是由于逆光的缘故，你和晚霞，只有一位被允许漂亮地留在相片上。

第三，你要倒着坐在四号线上从始发站“蒙鲁日”出发，一路向北，直到终点站“克里倪昂谷门”。

全程一共二十七站，三十三分钟，还有一位推着婴儿车的神情疲惫的母亲，两位激情演讲的流浪汉，三位态度谦恭的乞讨者，五个跟中国初中男孩没什么两样的法国初中男生，六个和初中男生没什么两样的高中男生，以及几十个面无表情、双眼不知聚焦在何处的乘客，你也是其中的一个。因为来到巴黎第一天，你的朋友们就告诫你，不要在地铁上笑，也不要试图跟任何人眼神交会。

列车是一条身姿敏捷的长龙，在忽明忽暗的隧道里来回穿梭。

第四，你要在随处可见的咖啡机前购买五十欧分一杯的咖啡，不能加糖。

你同自己说好，尽量不去星巴克；如果不得不去，就点冰美式，权当回忆你站在美国的大巴站里或是坐在学校图书馆里的生活。

第五，你要将购买机打咖啡而省下的钱用在皮埃尔·艾尔梅的马卡龙上。可是你不喜欢马卡龙，于是你决定购买一个汇聚了玫瑰、荔枝以及覆盆子精华的伊斯法罕（一种巨型马卡龙）。

不过无论如何，不要买拉杜丽，巴黎人几乎不吃拉杜丽，巴黎人喜欢皮埃尔·艾尔梅。

第六，你要在蒙马特的小馆子里吃一顿地道的法国菜。

离开地铁车门的时候你还浑然不觉自己已在地下三十六米处，因而你疑惑地经过了在电梯前排队的人们，登上了螺旋楼梯。十分钟后，你气喘吁吁地出现在了地面。不过你不是最不幸的，因为你盛装出行的女伴踩着七厘米的高跟鞋。

餐馆很小，只有一个服务生，旁边食客的肘关节则不时出现在你的桌子上。但是你和同伴狭小的桌子足够依次装下漂亮的鹅肝焗蛋、不大漂亮的蜗牛、丰满的鸭腿肉片、入口即化的勃艮第牛肉，以及焦糖总会粘在牙齿上的法式炖蛋。

如果你和美国朋友或是声音洪亮的中国朋友同行，则要做好心理准备，邻桌的六十岁上下的本地绅士一定会不下数次比出“嘘”的手势。

在蒙马特的传统法式餐馆中，你一定会摄入你身体所需要的两倍的热量。因而如果想散步，可以在健壮高大的男性同伴的陪同下，在巴黎的红灯区毕加勒的街巷上行走，躲开迎面而来的高喊着“你是我梦中情人”的醉醺醺的青年男性，躲开暧昧场所前试图招徕你的男性同伴的中年男性。你可以和红磨坊红彤彤的招牌合影，可以在比较体面的酒吧里喝一杯名叫“毕加勒”的红色鸡尾酒。

当然，一切的前提是，要有一位高大健壮的或是长相凶煞的男性陪同。

第七，你要在卢浮宫观赏“卢浮宫三宝”，并且在参观后享用博物馆内的安吉丽娜下午茶。北京也有安吉丽娜，你在那里尝试过一个并不出色的歌剧院蛋糕。但是大家都说法国的安吉丽娜比国内的好吃许多，所以你决定试它一试。

你第一次去卢浮宫的时候，“蒙娜丽莎”前的人并不多，于是你急切地与她进行了合影。只是等你再依次找到无头的胜利女神和断臂的维纳斯之后，发现拿破仑三世旧居陈列室旁的安吉丽娜已经关门大吉了。

你第二次去卢浮宫的时候，在墙上看到了大卫的画，连连惊叹，原来大卫的画都这么大。每一幅你都在两年前的艺术史课上学过，所以你试图为同去的朋友讲解一二。不过你什么都想不起来，幸亏比起听你讲解大卫，同伴更愿意去安吉丽娜吃一个迅速的下午茶。

只是这时是午饭时间，卢浮宫的安吉丽娜在中午3点后才开始供应甜点和饮料。

你和同伴不甘心地离开卢浮宫，来到十分钟步程外的另一家安吉丽娜，雀跃地购买了一些大吉岭红茶和一个并不算多么出色的泡芙甜点。

第八，你要在一家米其林三星餐厅尝试午间套餐，然后在塞纳河左岸闲逛，试图用风景的美丽降低一些负疚感，因为如果运气不好的话，那几道菜不一定比你在新年夜里食用的麻辣火锅更加使人满足。

第九，你要在夜间观赏埃菲尔铁塔。

白日里，埃菲尔铁塔是一座可以从城市各个角落远观而不可亵玩的、冰冷的铁塔。夜里，她则是一位温暖而闪烁的女神。

她炯炯有神地望着你，她用黄澄澄的光芒笼罩着脚下的城市，而你痴痴地站着，脑子里一个形容词都没有。

那一刻，你多么希望每一个人在有生之年都可以来巴黎看一看，即使这样的呼吁只是让你手里的笔显得十分软弱无能。但是你不得不承认，你描绘不出巴黎的美丽。这种美丽蛰伏在地铁站刺鼻的排泄物的气味中，在流浪汉理直气壮地仇恨社会的演讲里，在衣着优雅而神情冷漠的行人背后，在你初次踏进这座城市的时候，是看不到的。

可是某一天，她突然就来了，像个任性的孩子，又像母亲一样有力地包裹住你的周身和你惶恐的内心。那一刻，你终于知道，她来了，巴黎也来了。

但是你更加悲哀，因为你知道，你一定会离开这里，就像年迈的母亲和长大的孩子都会离开你一样，就像你明知道母亲总有一天会离开，你却先离开了她。

第十，你要在完成以上的九件事前，带着满脑子的幻想和偏见走出戴高乐机场。那一刻的你，以及每一刻的你，并没意识到，你的幻想和偏见、怀疑和期许、雀跃与恐惧，往往毫无根据。

# 在巴黎我什么也写不了

## 一

在过去我未曾进行写作的一个月里，塞纳河的水位升至三十年来的新高，巴黎本地人终于也像游客一样，轮番与被洪水淹没的桥墩以及垂死的大鱼合影留念。

与此同时，欧洲杯开始了。埃菲尔铁塔也改头换面，在球迷们高声歌唱或是咒骂的夜晚里，骄傲地闪烁着三种颜色的光芒：蓝色代表自由，白色象征平等，红色意味着博爱。在博爱的铁塔殷切的注视下，聚集在巴黎的来自天南海北的人群歌舞升平。倒是马赛出了事，英格兰球迷在市中心的酒吧门口扔椅子，上了《世界报》。

至于我，走路时磨破了脚跟，煎鱼时烫伤了手，送走了所有朋友，成日耽溺在一种得过且过的心境里。5月是雨季，我一人听着雨声，在晦暗的宿舍里——我住二楼，因而总合着窗帘——每天煮各式各样的面条，搭配相同的酱料。

不过我的厨艺时好时坏，面条时而不可口。可是除了米其林三星餐厅中出没的美食评论家，对于舌头和味蕾不那么发达的平常人而言，巴黎大概不是一座适合独自外出进食的城市。好在日本城有两家韩国超市和一家台式盒饭店，实在懒得煮面条的时候，我就坐六站地铁，走过两条街，购买一份十欧元的萝卜牛腩饭和两瓶无糖的茶饮料。

有时我会短暂地想念北京的烤鸭与炸酱面，但我心里清楚得很，如果我回了北京，大概不会去吃它们。

有时我会试图完成5月初写了一半的几篇稿子，但事实是，我要么握着笔盯着本子，要么双手放在键盘上盯着电脑屏幕，什么也写不出来。于是我愈加悲哀地意识到，自己可以如饥似渴地喝掉一瓶五百毫升的冷压果汁，却不能如饥似渴地工作。

有时我会为自己即将要离开巴黎而怅然若失，有时我会期待暑假的到来，更多的时候，我发现自己的知觉越来越麻木。

“无所谓，”我对自己说，“无论这样还是那样，全都无所谓。”

离开巴黎前，我打算完成三件事情。

第一件，也是最重要的，便是去瞻仰名人们的墓碑。巴黎市内共有三处公墓群，蒙马特一处，蒙帕纳斯一处，二十区一处。

我最想去看看葬在拉雪兹神父公墓的肖邦，以及葬在蒙帕纳斯公墓的萨特与波伏娃。若是时间充裕，便再加上波德莱尔、德拉科瓦、普鲁斯特、毕沙罗，以及王尔德——只要是文艺界奋力工作过的名字皆可。至于《追忆似水年华》和《第二性》到底读没读过，却没那么重要了。

重要的无非是，带好相机，认真构图，把光圈调到最大，凑够九张色泽漂亮的照片。

第二件，便是在歌剧院大街找到一间咖啡馆，面街而坐，点一杯柳橙鸡尾酒，直到日落。

花神咖啡馆曾经有萨特，双叟咖啡馆曾经不但有萨特，还有加缪、毕加索与海明威。不过也正是因为这些名字，今日的它们只有如织的游人。因此我决定哪间都不去，在大街上碰碰运气。

第三件事我还没想好，却又觉得在巴黎的时间愈久，所不了解的风景与事物便愈多。那么离开前的愿望清单，至少得有三件事，才能稍成气候。

## 二

6月16日是我在巴黎的最后一个周五，下午5点40分，我精神抖擞地走进城东二十区的拉雪兹神父公墓侧门。即便视线内未曾出现兜售墓园地图的商贩，身体和胸膛依然充满了力量：这里晚上6点关门，在二十分钟的时间里，就算不能逐一拜访肖邦、大卫、巴尔扎克、毕沙罗、罗西尼、莫里哀、达拉第、拉封丹、德拉科瓦、吉姆·莫里森、伊迪丝·琵雅芙、伊莎多拉·邓肯、纪尧姆·阿波利奈尔，至少也可以看到普鲁斯特和王尔德。

我已经很久没有这样头脑发热而兴致勃勃，以至于忘记了许多至关重要的信息，诸如整座墓园占地一百一十八英亩，竖有六万九千个墓碑，藏有一百万具尸体云云。

这时，一对穿着冲锋衣的法国夫妇经过我的身旁，径直走向侧门的告示牌。那里有一张笼统的墓园平面图，标出了几十位名人的大概位置。除了他们，除了我，再除了来回飞行的虫群，这里就只剩下不说话的树木和野草。

“接天莲叶无穷碧，”我的脑子非常突兀地想到，“映日荷花别样红。”

拉雪兹神父其人在波旁王朝的历史上没有留下太多可循的行迹。我们所能知道的无非是他的全名、身份，以及简短的生平。

弗朗索瓦·德·拉雪兹，1624年出生在法国多姆山省的爱克斯庄园，双眼皮，发际线较高，人中较短，鼻子则是典型的法式鹰钩鼻。他的舅姥爷亦是神职人员，专门聆听亨利四世的忏悔。到了弗朗索瓦这一代，他得到了路易十四的信任与喜爱，从五十一岁开始担任太阳王的虔悔神父。在他长达三十四年的职业生涯中，不但曾为君王与君王的第二任妻子曼特浓夫人征婚，还多次以年事过高为由提出辞职并被驳回。总之，1709年他死了，生前在巴黎市郊的住所被改建成墓地，以他的名字命名。

即便他每周都要数次前往凡尔赛宫为君王工作，却并没有住在王宫。通勤对于年事已高的神父来说，想必是件不大容易的事情。毕竟如今若是从拉雪兹公墓乘公交去凡尔赛宫，也需要从公交转地铁，花掉一小时十三分钟的时间；汽车要快一点儿，大概五十分钟。

神父大概也想不到，即便他曾是太阳王眼前的红人，到了20世纪，亦是退居二线，成了地图上的一个名字。至于20

世纪生人心目中的红人们，譬如肖邦，譬如吉姆·莫里森，草地埋骨、鲜花裹尸，日日接受来访者的顶礼膜拜。再譬如王尔德，墓碑上尽是女粉丝各形各色的唇印，墓地管理人员不得不在石头外加盖一层玻璃。

当然，我既没看到肖邦处的花朵，也没看到王尔德处的口红。在墓地的第十分钟，经历了一番急切却一无所获的寻找后，我迎头碰上了两位挺胸抬头又大步流星的工作人员。

“女士，这儿要关门了。”他们毫不留情地说。

我紧握着手机，紧盯着屏幕上吉姆·莫里森坟墓的方位——在谷歌地图上唯一一个被标注的墓碑，就像紧抓着最后一根救命稻草。哪怕我不是一名狂热的摇滚爱好者，可这是我今天见到一位名人的最后机会，我想。

“女士，你走错方向了！”工作人员在我身后高喊，“请从正门出去！”

至此，我在离开巴黎前的第一项任务以一败涂地而告终。

别提萨特和波伏娃，也别提歌剧院大街的夕阳与鸡尾酒，在巴黎的最后几天，预想中的三件事情一件也没有完成。我所做的，无非沉默地吃水果和饭，沉默地洗了一次衣服，装箱，打包，搬家，一走了之。

海明威曾写道："巴黎是一场流动的盛宴。"

"也许离开了巴黎我就能写巴黎，"他又说，"正如在巴黎我就能写密歇根一样。"

我并不十分喜爱海明威的小说，但是我总觉得他所说的话很对。就连伍迪·艾伦笔下《午夜巴黎》里那个过分脸谱化的海明威的所有台词，都不由使人立即唯唯诺诺地奉为真理。

极端的真理与极端的谬误总是来势汹汹。大概因为这样的缘故，在智者与愚人的面前，我常常缩手缩脚，懦弱而沉默。

唯一值得安慰的是，即便在巴黎我什么都写不了，离开巴黎后，我也许就能写巴黎了。

# 夏日的坦白

离开巴黎的第一天，我前往小镇朗香参观朗香教堂。教堂像一朵巨大的蘑菇，静默地立在绿色的夏日里。我则饥肠辘辘地坐在冰冷的长凳上，想起《普罗旺斯的一年》。

不过与朗香所在的东部相比，法国南部的山村显然更明艳动人几分。普罗旺斯像个多汁的橙子，第戎倒是像个冬天的苹果，红富士苹果。

或许是因为饥饿的缘故，除了橙子和苹果，我还想起了烤鸡和牛骨髓。蒙马特的一家小馆子有全天下最好吃的牛骨髓，若是有酒，便配上半瓶波尔多；若是有茶，最好是一杯六十摄氏度水温的大吉岭。如此，全身上下瑟缩的细胞将会逐渐舒展、温暖，继而手舞足蹈起来。

不过显而易见的是，当我在本子上潦草地写下以上几段话的时候，正坐在阴冷的教堂里。那里没有烤鸡腿，没有牛骨髓，没有波尔多，也没有大吉岭。即便觉得冷，我也不可能放下笔，走出去。写作毕竟是一件奢侈的事情，好不容易开始了，不能随便停下来。

我假设自己即将在法国东部或是南部的山村中度过一年的时间，穿棉布衣服和最舒适的鞋，偶尔喝一杯解百纳葡萄酒。

六个月前我最喜爱琼瑶浆和雷司令，最不喜欢霞多丽和赤霞珠。而如今，琼瑶浆有点儿太甜了，雷司令中的桃子香有点儿太腻味了，霞多丽喝起来依然像草，赤霞珠依然是青椒与桂皮的味道。事实上，我甚至不那么爱喝葡萄酒了。

不过若是住在山里，去邻居家吃勃艮第炖牛肉，还是得喝上两杯干红的。

至于书，我应当会带着克尔凯郭尔，因为如果不是过着山居生活，我预见不到五年内的自己会拿起克尔凯郭尔。我间或会因为自己没能选择哲学作为专业而遗憾。因此，对于身边努力学习哲学的同学们，无论我们脾性相投与否，关系亲近与否，我都衷心地觉得他们是十分了不起的人。

除了克尔凯郭尔之外，也需要几本甜美而柔软的小书，这就没有比菲茨杰拉德更合适的了。

当然，哪怕是去了山中，愧疚和焦躁定然也会如影随形地追着我。毕竟我知道太多名字，却又读了太少书。

我希望山里没有网络。

网络是最令人讨厌的发明，但我生活的每一分、每一秒都离不开它。坦白来讲，这种感觉很糟糕。就像我无法不收听排行榜上的流行歌曲——一些被同我一样的人反复收听的、仍在沿用二十年前的抒情方式的、没有营养的歌曲。

理智的时候，我完全晓得自己该收听优秀的爵士和独立音乐。理智的时候，我坐在咖啡馆里，写字说话的同时，总会一心二用地品评咖啡馆歌单的素质。若是听见流行音乐，我会感到愤怒——一种毫不激烈的、莫名其妙的、来去如风的愤怒。

“真是太令人疑惑了！”听了太多首、太多遍芭乐情歌的我不由地询问：“我那南辕北辙的行动与志向，到底哪一个是真正的我？”

又或许，我需要的只是暂时远离人间，原因却几乎令我感到难以启齿：我来自人间，身心皆是闹市的烟火气。我只有去往田园里，才能“山气日夕佳，飞鸟相与还”。站在街头的、人海中的我，无法悠然地望见南山。

请问你愿做

百无聊赖的山林

在阳光和雨露的浸润中温柔地腐朽
还是上了发条的橙子
在无数声滴答　咔嚓　与　扑哧中
脑浆迸裂
汁水四溅
上帝微笑着
拨开了我们

——一首我未发表的诗

我十五岁念高一，读英语实验班。高一的某一天，外教老师问大家，财富、智慧、权力、美貌中，最想要得到什么。

十余人选择成为世界上最富有的人，十余人选择成为世界上最聪明的人，十余人选择了成为地位最高的人，一个人选择成为最帅的人——坐在我后桌的男生。我佩服他直抒胸臆的举动，自己则毅然决然地选择了“权力”，直到大学生活消解了我绝大多数的欲念。

张爱玲渴望学会煮饭、洗衣、在与人交往时看人的脸色——不懂得待人接物是天才的通病。几天前我再次悲哀地确认了自己并非天才，只好企盼一些闹市里的、通达的智慧。

我大概回不到田园里去。世界虽然不少我一个，我却避不开这世上的人群。

# 看不见的罗马

## 一

记忆中的形象一旦被词语固定住，就给抹掉了，马可波罗说。也许，我不愿意全部讲述威尼斯，就是怕一下子失去它。或者，在讲述别的城市的时候，我已经在点点滴滴失去它。

——《看不见的城市》

然而恰在此刻，我即将不遗余力且事无巨细地讲述我所看见的罗马。

我与旅伴降落在菲乌米奇诺机场后的第五十分钟，一名电车上的小偷用刀子划开了她橘色的珑骧手提包，取走了一百元现金、五张银行卡、美国驾照、法国学生证，以及国内用的身份证，留下了护照与一道二十厘米长的裂缝。

随后，小偷与我们在同一站下车，并在车站旁的药店里用其中一张银行卡购买了二百九十美元的货品。我们不知道什么非处方药会如此昂贵，药店的年轻姑娘们也不知道——我们次日逐个询问了当班的员工，没人记得这样一笔金额巨大的消费。当我的旅伴试图要求查看监视器录像时，遭到了果断的拒绝。年轻的姑娘们轮流以歌剧的腔调说着英语和意大利语，请我们去找警察。

同样的，专门负责为游客立案的女警察既不会说英语，脸上也没有笑容。

经过十几分钟艰难的对话，我的旅伴开始在女警察从打印机纸匣中抽出的白纸上一一写下遭窃的钱物，我则坐在她身旁，两眼盯着天花板。警察局室内很宽敞，墙上贴着一些展示意大利风土人情的画片，桌边陈设着许多年代并不久远的艺术品。

此时两位全副武装的年轻男警察走进门，女警察这才改头换面、顾盼生姿起来。

以我在欧洲极为有限的经历来讲，意大利的警察长相最为英俊，法国的次之，西、葡两国紧随其后，均比一洋之隔的美国相关人员形象强出不少。只可惜漂亮的脸蛋并不能保家卫国、惩恶扬善，因而我们并未期待罗马的警察们能够迅速破案、追回钱包。

“你听说过一个笑话吗？”走出警察局的时候，我试图宽慰我的朋友。

“你说吧。”

“一个人去伦敦，在飞机即将降落的时候，将手伸出窗外，摸到了雾里的大笨钟。这个人去巴黎，在飞机即将降落的时候，将手伸出窗外，摸到了埃菲尔铁塔的塔尖。这个人又去罗马，在飞机即将降落的时候，将手伸出窗外，你猜怎么着？”

“怎么着？”

“手表没了。”

## 二

这样，城市在她空着的棋盘上不断移动着，重复着她始终如一的生活。居民们反复演出同样的场景，只是更换了演员；他们重复着同样的台词，不过改变了口音而已；他们张开不同的嘴巴，打着同样的哈欠。在帝国的所有城市中，只有爱乌特洛比亚保持始终不变。这个城市最尊崇的无常之神墨丘利造出了这种暧昧的奇迹。

——《看不见的城市》

带领我俩和一些陌生人参观斗兽场的导游是一位名叫查德的美国男青年，有着卷曲而浓密的金色毛发。做开场白时他随手指向古城的废墟："我叫查德，问我问题，我了解这些玩意儿。"

大家哄笑几秒，谁也没有问题要问。

"罗马就像千层面一样。你站在罗马的地面上，往下一层是中世纪罗马，再往下一层又是古罗马。说到千层面，你们都吃午饭了吗？说起吃午饭，我今天要教给你们一个'三三原则'。今天就算你们什么都没学会，什么都没记住，也要记住这个万能的'三三原则'。

"我们现在在旅游景点这儿，所谓'三三原则'，就是说，如果你要吃饭，就走到三个街区以外，那里的食物价格只要这里的三分之一，还会比这里的好吃三倍。

"因为旅游景点边上的餐厅不需要回头客，所以只要你坐在桌子旁，他们的任务就完成了。他们才不管东西好不好吃、你爱不爱吃、打不打算回来，因为你们是游客。

"景区的人真是疯了。你们能想象吗？在罗马这样一个到处都是免费饮用自来水的城市，竟然有餐车一瓶矿泉水卖四块钱，简直是抢钱。好在现在统一管理，这些疯子都被赶出去了。"

据查德所说，公元前200年左右，北非古国迦太基的军事家汉尼拔带领九万步兵、十万骑兵以及三十七头大象——罗马人从未见过这玩意儿——翻越阿尔卑斯山，意在罗马。

不过那三十七头大象经不住风餐露宿、跋涉劳顿，在大军进入罗马前，只活下来一头。

而我和我的旅伴，因为忙着轮流与斗兽场合影，在进入游览的第二个景点古罗马广场之前，跟丢了查德和他的队伍，只得匆匆返回一条街外的旅社，与工作人员们进行一番讨价还价。

讨价还价的结果是：第二天，一位叫理查德的苏格兰导游带我们进入了古罗马广场。理查德五十岁上下，曾经在格拉斯哥的高中教授艺术史和建筑史，十年前同他的爱人一起迁至罗马，以做导游来补贴家用。他讲话声音很轻，头发比查德还长出一些，左耳插着金耳钉，头戴一顶算不得很白的白帽子。

## 三

是观看者的心情赋予珍茹德这座城市形状。如果你吹着口哨昂首而行，你对她的认识就是自下而上的：窗台、飘动的窗帘、喷泉。如果你指甲掐着手心低头走路，你的目光就只能看到路面、水沟、下水道口的盖子、鱼鳞和废纸。

——《看不见的城市》

公元476年，西罗马帝国灭亡；与此同时，欧亚大陆的另一端，北魏献文帝被冯太后毒死。献文帝在历史上算不得一位风流人物，不过他的儿子孝文帝倒是因为推行汉化登上了高中的历史课本。

公元1453年，东罗马帝国灭亡，与此同时，达·芬奇过了一岁生日，米开朗琪罗还未出生。

公元1930年，贝尼托·阿米尔卡雷·安德烈亚·墨索里尼下令在罗马古城区修路，毁掉了许多古迹。

公元2016年，理查德站在废墟上方，他的开场白是这样的："罗马不是一天建成的。我知道你们觉得这句话很俗，但是罗马不是一天就能建成的。"

"西塞罗在法律方面有多么才华横溢，在政治方面就有多么一窍不通。"理查德带领我们来到恺撒教堂的遗址前，"你们看，西塞罗原先曾在这里演讲过许多次。"

我紧盯着几块形状难辨的石头，试图看出点儿恺撒和西塞罗的痕迹。

“你总说庞培和克拉苏的坏话，所以他们要杀你。虽然你也总说我的坏话，但是你可以来为我效力，我大可不计前嫌。”恺撒如是说。

“这可不行，”西塞罗果断地拒绝了他，“我那样地批评你，如果此刻再皈依你，大家岂不是知道我变心了？”

“嘿，你这儿的工作还要人吗？”两个月后，西塞罗又找到恺撒。

“可是我变心了，我也不想救你了。”恺撒如是说。

几个月后，西塞罗被杀死，头与手被砍掉，舌头被钉在城市广场的墙上。

## 四

他们在另一处再建艾尔西里亚，要编织另一张类似的绳网，但更加复杂，更加有规则。后来，他们再度离弃那里，把家搬到更远的地方。

于是，当你在艾尔西里亚境内旅行时，会看到一处处被遗弃的旧城废墟，不耐久的墙壁早已消失，死者的骸骨也早已被风吹走：只有那些交织纠缠着的关系的蛛网在寻找一种形式。

——《看不见的城市》

在我与旅伴作别前，理查德先是指着广场中一座喷泉，笑着对大家说：

“在罗马，只要有大理石，只要有水，游客们就会往里面扔硬币。不过等你们去了许愿池，一定要记住，扔出硬币的多少非常关键。

“扔出去的第一个硬币，将会带你回到罗马。扔出去的第二个硬币，将会助你遇见你的爱人。

“至于第三枚硬币，则会让你们永远在一起。”

停顿了一下，他继续说：

“这么多年了，我最想把我向喷泉扔的硬币要回来。”

与理查德作别后，我与旅伴步行二十五分钟，越过无数攒动的人头和躯体，终于到达特雷维喷泉边。手头还有二十二分的硬币，于是我俩把它们丢进了水中，什么愿望也没有许。

“你是为了回到你的过去而旅行吗？”可汗要问他的话也可以换成：“你是为了找回你的未来而旅行吗？”

马可的回答则是：“别的地方是一块反面的镜子。旅行者能够看到他自己所拥有的是何等的少，而他所未拥有的和永远不会拥有的是何等的多。”

# 尼斯的海

起初，我不能理解尼斯的美。

目光所及之处的山峦、房屋、人群、树木皆因下午的毒日头笼上了纱雾。曝光多了，色温高了，对比度又少了，每一帧都缺少点儿鲜亮的颜色。

况且几乎无事可做。

城市的规格并不大，值得考究一番的名胜古迹也少得可怜，游客们多数聚集在海滩上与老城区里高声尖笑。我欣赏不来尼斯式的热闹，有点儿像美国大学兄弟会里的派对，摩肩接踵，通宵达旦。

我觉得失望，因为殷切的期待差不多全部落空了。

朋友们和朋友的朋友们无不言之凿凿地宣扬：

“尼斯有着非常优秀的自然风光。”

“尼斯是法国最美的旅游城市。”

“尼斯是全世界最美的城市。”

“尼斯不属于这个世界！尼斯美得像个天堂！我们最喜欢尼斯了……”

我百分之百相信。

可是正当我好不容易亲自登上尼斯的山，走过尼斯的海，却没有发现天堂。甚至有点儿烦躁。比起观赏海里游泳的人与天上的滑翔伞，我更愿意去看马克·夏加尔。

唯一可以怀抱期望的，我猜，是晚饭。

餐厅是我经过长达二十分钟的比较后从手机软件中选出来的，名叫“小伙儿们”，藏身在老城区的小巷中。门还没开我就走到了，真的有三个高大的小伙儿蹲在马路牙子上喷云吐雾。他们是服务生。

等待的过程中我在不远处的小广场上转圈。四周皆是露天的餐馆与咖啡厅：卖意式冰淇淋的、卖橙汁鸡尾酒的、卖意大利面与比萨的、卖唱的，以及一位隐形人——地上有一个破旧的鞋盒，盒子上有一双脏兮兮的拖鞋，盒子前有一块简陋的纸板儿歪歪地倚着，纸板上有潦草的字迹，说明此处真的有隐形人。可惜行人们的热情并非十分高涨，鞋盒的盖子上只有零零散散的十余枚硬币，币值皆很小。

在一众色彩缤纷里，我羡慕了一会儿吃冰激凌的人。6点钟到来了。我成了“小伙儿们”餐厅今晚的第一位客人，小伙儿们也扔掉了烟头儿，精神抖擞。

接下来的两小时里，我忙于品尝蔓越莓鹅肝酱、小牛肉、焦糖炖蛋与本地红酒，以及为它们拍照。不过由于烛光太摇曳，照明太暧昧，后来我发现所有的照片都照虚了。

与此同时，邻桌的一对中国男女——我分辨不出他们是情侣还是朋友——一直在抱怨他们共同的朋友们，声调抑扬顿挫，感情饱满。我试图专注地切我的小牛肉，不过桌子与桌子之间离得实在太近了。

酒足饭饱后，我腆着肚腩回到了海边，人群似乎散去了一些。8点钟，正好是欧洲人进晚餐的时间，距离夜晚的海滩狂欢还好是一阵儿，亚洲面孔倒是多起来了。

太阳即将落山了。

尼斯终于开始向冥顽不灵的我展露她的美。

晚霞染上天和海，于是海水与天空皆是晚霞的颜色——一种尤其迷幻的海天一色。

尽管说白了全世界的海都是一汪水，可是每处海景都拥有着迥异的性格和个性。

坎昆的海水比龙舌兰还热情几分，像彩妆盘上碧绿的眼影一样挑逗着年轻的游客们——大多是来度春假的身心俱疲的、欲望熊熊燃烧的美国大学生。

爱琴海则美得十分耿直。强烈的日照、蔚蓝的波光，以及极高的饱和度，抢尽了雅典的帕特农神庙与圣托里尼的驴子和新娘们的风头。

三亚的沙滩人最多，南海的波涛最汹涌，北戴河的颜色最特别——与北京城的颜色别无二致。

至于尼斯，我一时想不出精确的形容词。

很多青年人喜欢以一家高级珠宝店常用的颜色来形容尼斯的海。那是一种我不太能理解的蓝色，那种蓝色优美极了，仿佛添加了许多香精和防腐剂，既没有新鲜的生命力，也没有哀婉的悲剧色彩。

不过这个形容挺贴切的。

尼斯的海没有任何攻击性。

她温柔、朦胧，比电子音乐还奇幻，像是衣着俗丽的年轻母亲，不谙世事的少女，中学生工整可爱而缺乏率性的圆珠笔字，失去莫奈笔触的《印象·日出》。

然后，这样一种经过无数次稀释却仍黏稠的温柔从天边不由分说地倾泻下来，使得不解的我无法移开目光。

水面如镜，从岸边一直延伸，在轻捷的光脚的踢动下泛着白色。朦胧海洋的白色酥胸。交缠的重音节，成双成对的。一只手在拨弄竖琴，琴弦交错着共发和音。白色波浪般交合的词句，在朦胧的海潮上闪闪发光。

一大片云缓缓移来，渐渐将太阳完全遮住，将海湾投入绿色的阴影中，一大盆苦水，卧在他的脚下。

——《尤利西斯》

这一钵粉色的水就这样躺在我的脚下，云彩逐渐遮掩住太阳，清澈的海浪徐徐抚上岸边的石子又迅疾地离开。我站在这样一幅宁谧的水彩画中，迷惑随着浪潮褪去了。对着尼斯的霞光与海洋，我的大脑擦去了全部的焦虑和压力——大三的暑假是一个使人焦躁不堪的暑假——一种优美的空虚终于缠住了我的身体。

我的矜持与坚决一起被溺毙在海水空洞的美丽中，这让我隐隐觉得不安。

可是谁又能拒绝尼斯呢？

# 3

# 伊萨卡

生活的荒谬迅速展开，我的局限昭然若揭。我曾觉得自己像飞鸟，像狮虎，像树懒，却从未觉得自己像螃蟹。可如今，我这只没了壳的螃蟹一直抱怨大学生活如何剥去了我的壳，却没能体谅它到底没把我吞拆入腹。象牙塔在消解了我对严肃世界的欲念后几次三番地予我打击，却又让我好好地活在了爱琴海的岸上。如今我又要启程，没有好舵与快船，亦全无奥德修斯的英勇，但我到底要走了，凭着几双横行的细脚。

# 康村爱情故事

## 一

与都市中的守望和纠缠不同，乡村里的爱情总是闪耀着质朴的光辉。蓝天下，白云里，田野外，麦芒前，花香旁，虫鸣中，脸蛋儿红红的青年男女之间，总会生出许多烂漫而新鲜的故事来。

令人稍觉遗憾的是，康奈尔大学所在的村庄算不得一个合适的场景。

那里的冬季冷得可以冻掉村民们的鼻子，那里的春秋短得如同一闪而过的雷电和霓虹，那里的夏天漫长又美丽，却没有多少人留守——百无聊赖又野心勃勃的学生们一窝蜂地奔向纽约、波士顿、华盛顿、费城，以及所有被称为城市的地方。只剩下实验室里的中国留学生与修缮教学楼的工人们，在偌大而空荡的校园里不时地出现。

一百年的时间何以改变了村子的面貌与气氛，我们不得而知。可是令每一位仍健在的康奈尔学子津津乐道的，除了校友胡适喜欢打麻将，便是才子佳人的动人传说：梁思成、林徽因伉俪曾相偕泛舟于绮色佳湖上。

今时今日，若是有人动辄使用诸如“绮色佳”一般的字眼，一定会被朋友们轮番耻笑——如果这样的人有任何朋友的话——时代早就帮年轻人扔掉了他们精美、繁复而陈旧的包裹。与此同时，曾经风光一时、高朋满座的绮色佳，也被温情而平凡的小村庄伊萨卡默默替代。

当然了，每一个世纪大约只会出现一位林徽因与一位梁思成，但是爱情的奇妙之处便在于：她不在意人们建筑学成就的高低，不在意人们的追求者是诗人还是哲学家，她不但取伟人的肋骨酿酒兜售，更会温柔地眷顾每一个寻常青年敞开的怀抱。

因此，哪怕是在伊萨卡咄咄逼人的冰雪中，抑或是人烟稀少的夏日里，总有脉脉含情的寻常男女们，相识，相爱，相处，相知，吵架或不吵架，分手或不分手——分手的居多。

不过，在至今还没分手的情侣中，有一对看似永远不会分手。在周围人艳羡的眼光里出现的他们，总会不时使得在学习和社交中匆忙往来的学生们燃起一些对生活的美好期盼。

偶尔也有人看走眼。比如我一位单身而忙碌的朋友，执意认为这一对行为张扬的模范情侣在毕业前会分手，并要求我与她打赌，赌注是一根冰棍儿。

这样，我就有一年的充足的时间，来挑选冰棍儿的口味。

## 二

这一对康奈尔的模范情侣，女生叫坎迪郑，男生叫许迈克，五个月前刚过了一周年纪念日。非要精确计算一下的话，一年多的光景也不算太长，可是他们实在太相爱了，使得旁观者们失去了时间观念：这两位时而像是仍处在新鲜的热恋期中，时而像是已经认识了一辈子——多么矛盾，又多么奇妙。

就连身材都是相仿的：清瘦且高。

于是两人牵手走在一起的时候，如果只盯着背影的下半部分，活像是两双同样规格的筷子。瘦也就罢了，两人饭量却都很好。迈克在学校食堂吃饭的时候为自己设定了一套精密而科学的进餐程序：依次食用水果、菜叶、比萨饼、主菜、第二道主菜、甜点与浓茶。不过要是碰上忙碌的时候，他一天便只吃这一顿饭。坎迪则酷爱各种高油、高盐、高糖的零食，比如中式辣条、韩式芥末海苔与日式抹茶奇巧。

她总是向我充满爱意地抱怨，指责迈克吃掉了她的全部零食，可是事实上，她自己完全没少吃。

这可不好。不但怎么也吃不胖，并且总是在不经意间展露爱情的甜蜜。我甚至不知道，究竟是哪一样更容易惹恼周围的人群。

个人来讲，我觉得毫无疑问是前者。可是对于我其他苗条的朋友们而言——跟我要好的人，除了我自己以外，都瘦得惊人——后者大概才是可遇而不可求的。

对于热恋中的饮食男女们，伊萨卡实在没什么可吃的。有车的情侣们总会想方设法地前往纽约寻觅更美味的约会地点，不惜在路上花掉四个半小时的时间。若是两人中谁过生日，就免不了在让·乔治的烛光和星光里盛装庆祝一番。倘若寿星偏偏愤世嫉俗，对于资本社会的物质享受嗤之以鼻，大概就会在韩国城泪眼婆娑地喝下半盆西瓜烧酒，或是在东村吃拉面，吃完拉面再前往二十米外的著名甜品店，用勺子戳穿巧克力熔岩蛋糕的心窝——望着汩汩流出的甜蜜液体，彼此说一些比岩浆还滚烫的情话。倘若寿星突然想起了母亲，两人就干脆坐在中央公园的长椅上，分享一碗热气腾腾的羊肉泡馍，一边赞美故乡的味道，一边畅想背井离乡的美丽未来。

当然了，无论是米其林三星餐厅、西瓜烧酒、抹茶内馅的巧克力熔岩蛋糕，还是漂着羊油的羊肉泡馍，伊萨卡通通没有。

与此同时，迈克和坎迪既没有车也没有驾照，他们去不了纽约。

于是在迈克二十岁生日的这一天，坎迪亲自进了厨房。这本来没什么大不了的，不少伊萨卡的中国学生都因厌倦了镇上数量有限的餐厅而选择“自给自足”，但是坎迪的手艺实在欠佳。曾经有一位朋友喝了她的排骨汤，便立刻给远方的我打电话。

“汤是灰色的，喝起来像加了油和盐的水，”这位朋友苦涩地说道，“实在是不敢恭维。”

坎迪是个耐心有限的女孩子，一遍做不成的事情，她绝不会做第二遍。因此，当我得知她要亲手为迈克做一个生日蛋糕时——还是抹茶千层蛋糕，只为她的雄心壮志啧啧称奇。据我所知，千层蛋糕虽然没有一千层，却也要消磨掉相当可观的耐心与时间。即便我与她要好，却也没有盲目乐观。

当天晚上，喝下一碗排骨汤的朋友再次受邀参加许迈克的生日派对。后来，在一次电话中，我询问了那日的盛况。

“蛋糕真的是挺好吃的，完全不比纽约那家卖抹茶千层的蛋糕店差，我真的完全没想到。”

过了一会，这位朋友补充道：“我吃了两块，爱情的力量实在是太惊人了。”

很多天后的一个晚上，为了他们两人共同参与的社团，迈克在一次活动宣传中首次袒露了自己的心声。

“去年我生日的时候，婧婧（坎迪的中文名字）计划给我做一个抹茶味的千层蛋糕，结果她忙了大半个下午后，垃圾桶里躺满了奇形怪状的薄饼，盘子里一张能用的都没有。

“婧婧也被这事儿弄得有点儿心烦。

“我觉得换了平时她早该放弃了，所以也就没指望能吃到蛋糕。”

“但我没想到的是，她却没有一点儿放弃的意思，还是一次一次试着不同的方法，试图烙出一片完好的薄饼。接近傍晚的时候，婧婧终于学会了做薄饼，我也吃到了一生中吃过的最好吃的蛋糕。”

那篇宣传稿成功地惹来了大家的不满，毕竟那个活动是一场相亲秀，关注者大多是孤单又寂寞的，对于他人的甜蜜十分排斥。然而不满很快就随着群众过于高涨的热情而烟消云散了。大家都忙着报名成为嘉宾，力图早日步上迈克和坎迪的后尘。

况且，大家怎么想压根儿不重要。

重要的是，坎迪学会了做薄饼，迈克也吃到了一生中吃过的最好吃的蛋糕。

## 三

又是一个7月，许迈克的生日又到了。其实我原本总是记不住朋友们的生日——我甚至记不住自己的——可是坎迪提前三个月就来提醒我，这下我忘都忘不掉了。

那时我还在巴黎写作文，她给我发微信，叫我给她的书写序，至于书的具体内容，她拒绝透露。

不过她向来反复无常，所以十分钟后她又简短而喜悦地告诉我：她打算把他们一年前的夏天互通的几十封信装订成册。

“那我要写些什么呢？”

“写什么都行，反正我要送给xwr当生日礼物。”坎迪在与别人对话中，总是以这三个字母称呼许迈克，克制而亲切。

至于许迈克，则是肉麻地称坎迪为“婧婧”。

至于他俩单独相处的时候，彼此怎样称呼，我们就不得而知了。

至于序要写些什么，我更加不知道。被爱情滋养的生活那样琐碎而甜蜜，要怎样从中萃取出一剂发人深省的精华，实在是个难题。

许迈克是我的中学同学。不过我们初中、高中都不同班（他总在数学成绩更好的班），到了大学又不同系。我在三五个人文与社科专业中转来转去，简直像某种无头且会飞的虫子。他则像另一种笃定而勤劳的昆虫，一上学便打定主意扎根在物理系，又顺便双修了数学。

中学六年的时间，我们从未说过话，并且都觉得对方高傲且冷漠。

这真是怪了，因为我始终以开朗和善且疯疯癫癫的面目示人。倒是他，在全年级数学和物理拔尖的学生中显得格外冷静自持。在我的印象里，理科尖子生们都有着春风一样和煦淳朴、童心未泯的爽朗笑容，只有他高傲而冷漠地考着一个又一个的高分，不但顺利地提前申请上了一所“还不错”的美国大学，高考也上了七百分。几位来自其他城市的大学同学偶尔嘲笑北京的高考难度，可是他们大概怎样也考不了七百分。

以上的这一段话，大约想要表明，许迈克学习很优秀，然而我们完全不是朋友，但是进入了一所大学后，中学同校的渊源使我们不得不又自然而然地成了朋友。

大学生许迈克仍然学业出色，刚入校便开始在研究生级别的课上与助教叫板。大一下学期的一个午夜，他做完作业从图书馆出门准备回到北校区时，遇见了用图书馆电脑写了七页论文却没保存，将悲伤化为动力而不能停止诉苦的我。那时我身边有一位不太相熟的女同学在竭力地说一些安慰的话语——这一位女同学是坎迪郑。

从图书馆到新生校区几分钟的路上，他们一左一右地为需要熬夜重写论文的我进行着心理建设。那是他们的初次见面。不喜交际的许迈克甚至没做自我介绍，以至于“直到分开时我都不知道这位小哥姓甚名谁，当时还挺奇怪的”，坎迪后来这样说。

后来他们熟稔了许多，故事却没就此展开。在大一的春夏与大二的秋冬里，他们各自有各自的情节和角色、欢笑和失意。坎迪在相思得难以自拔的时候，迈克还曾用他那尤其理性又冷漠的逻辑劝慰过她——当然不管用，单纯却多愁善感的坎迪是个情绪异常丰富的女孩。

况且几个月后，许迈克自己都跟理性这回事儿挥手作别了。

“最开始认识她的时候，说实在的，我没觉得我们会有什么交集。我对她的印象无非两个：穿衣服品位不错，以及脸尤其地短。逐渐相熟后，我发现她其实挺单纯的，也挺傻的，就觉得蛮适合做朋友的。”

“那你们是怎么在一起的呢？”

“啊，那是一年后的事了。”许迈克看了看左上角的天，停顿了几秒，“说来也怪，本来两个人都以为自己在单相思，后来不知怎么回事儿，就在一起了。”

## 四

一年的时间可以完成许多了不起的事情。比如在伊萨卡齐膝高的雪地里走上一万步，比如在卡尤加湖的水里闭着眼睛旋转跳跃，比如在樱花开放的那一周用手机捕捉村子历时七天的春意，比如在人心惶惶的秋假里足不出户，做一场长达七十二小时的梦。

当然，也可以毫无征兆地互相表白，形影不离，激动地吵架并迅速原谅对方，给未来的、想象中的爱情的结晶起五个名字——坎迪郑已经决定给或许会来到这个世界上的男孩取名“许峥”，英文名叫“哈珀”，与《杀死一只知更鸟》的作者和贝克汉姆的小女儿名字相同；至于女孩的名字，她还没想好。酷爱为人起名的我诚恳地建议：女儿的话可以叫“许多鱼”，烂漫又天真，慷慨而梦幻。坎迪和迈克均坚决地否决了我的提议。

后来我灵光一现，将“许久”这个吉利的名字呈给坎迪。她不置可否，却甜蜜地笑了，想是从字眼里窥见了他们美丽的未来。

除了无限的畅想，二十岁的青年又能做些什么呢？无非是以青春十足的方式热烈相爱，以稚气十足的心智发生几场不痛不痒的争执。二十岁的乡村青年又能做些什么呢？既没有美食和灯火，也没有华服和广厦，无非拥有一些不出几个月便已腻味的瀑布和冰雪，以及年轻的彼此。

同村庄里其余年轻的爱情大同小异，坎迪和迈克一起学习，一起生活，一起编程，一起唱歌，一起吃猪排饭，一起喝奶茶，一起看关于爱情的电影，一起在众人面前大方展示彼此的爱情，这一年又五个月的光阴，就这般平淡而温柔地从年轻的肌肤上流淌过去。

大三的春假，他们一道去了挪威。

与康奈尔大学其他爱好冒险与刺激的大多数情侣不同，他们既不向往奥兰多环球影城的“绿巨人”过山车，也不迷恋伊斯坦布尔上空鲜艳的热气球。坎迪怕水，因而不喜欢坎昆；迈克厌俗，因而不喜欢巴黎。那么就只剩下北欧了，人烟稀少而空气清新的北欧。

在卑尔根风光秀丽的峡湾里，在奥斯陆空旷伟岸的美术馆中，他们的所见所闻、所思所想，我们不得而知。

我们唯一知道的是，经过一周远离口舌与注目的单独相处，他们更喜欢彼此了——这是个好兆头，双人旅行是年轻情侣的难关，然而他们轻松异常地度过了考验。

旅行结束的那一天，外表孤高冷漠、内心满是童真的许迈克和外表单纯可爱、内心亦充满童真的坎迪郑正式成为了康村的模范情侣，在伊萨卡的艳阳里和寒夜中轮番羡煞被冬季冻僵的一众可怜人等。

“在你们的相处中，他做过的最让你感动的事是什么呢？”序言即将告一段落时，我给远在美国的坎迪郑发去了微信。

“你还记得去年暑假我们异地了一个多月吗？”她虽然在上班，却回复得很快。

“不记得了，我感觉你们从来没异地过。”

“他每天给我写信。小至今天吃了什么好吃的、遇见了什么人，大至读了什么好书又在各种博物馆里见到了什么有意思的展品，就好像每天都在一起一样。”

“所以我要把我们的信件编成一本书，祝他二十一岁生日快乐。”

“那我的序写得这么慢，会不会耽误送礼的时机呀？”事实上，此时许迈克的生日已经过去了十个小时。

“完全不会，我的书还没编好呢，今天肯定送不成了。”

我却觉得他们大概不需要一本书。

在我的双手即将在键盘上停止敲击的时分，我突然想起了《倾城之恋》的结尾，张爱玲的名言我总是记得很牢。

“传奇里的倾国倾城的人大抵如此。”张爱玲如是说。

坎迪和迈克倒是没有倾倒国家与城池的本领，他们的时代太安逸了，伊萨卡也甚至连座城市都算不上。但即便是纷繁琐碎的乡村生活，却也酿出了不含杂质的浓情蜜意。

二十岁的爱情大抵是如此吧——一场属于两人的平凡传奇。

# 回村

## 一

开学第二天，我坐在学校酒店的“天台”餐厅哭了。

这一天是周三。每周三“天台”餐厅都会在专卖墨西哥玉米煎饼的窗口供应“橘子鸡”的口味。

“不要点卷饼，要点盒子里的橘子鸡，加上白米饭和配菜，最后撒上‘轰轰酱’（Boom Boom Sauce），你就会得到一份美味的午饭。”室友李美说，“最好再来点儿酸奶油。”

上上学期我吃素，所以在“阳台”只能吃姜汁沙拉；上学期我在巴黎交换；上上上学期我还打算双修政治学与英语文学，所以每天中午都在文学系旁的“宙斯殿”咖啡厅喝一杯奶油土豆汤，吃一个来自镇上面包房的羊角面包，几乎不知道“天台”餐厅的存在。

因而我问李美：“你是从谁那里知道橘子鸡这种吃法的？”

“我的老天爷，”李美说，“大概全康奈尔的人都在这么吃，你都大四了，竟然不知道，简直是太孤陋寡闻了。”

她说话抑扬顿挫、感情丰沛，我总是想建议她，若是哪天从咨询行业退出了，可以去演情景喜剧。

不过她说的基本是对的。但是白米饭不够健康，要换成糙米饭和豆子；酸奶油太腻，也该去掉；配菜不能什么都要，尤其是洋葱。

没有洋葱的橘子鸡吃到一半的时候，我收到了一封令人翘首以盼的邮件。整个上午，我刷新了手机邮箱不下二十次，为了它。

炸鸡像日头一样热，生菜和橄榄则像空调的风口一样冷，轰轰酱很少，一会儿就没有了，邮件是这样开始的：

“亲爱的昂，我很抱歉地通知你，我不能让你上我的课……”

合上手机一分钟后，我觉得自己几乎哭了。事实上，如果把眼泪从界定哭泣的标准中去掉，那时我已经哭了。

这样一来，我研究生申请成功的可能性将从百分之四十五骤降至百分之二，我想如果为这件事哭出来，或许不是那么丢人。可是李美正在我的对面与一个学妹插科打诨，我望着她弯弯的双眼和笔直的眉毛，觉得自己此刻若是把眼泪掉进橘子鸡里，可就太破坏美感了。

破坏美感和破坏食物的事情，都该敬而远之。

正当我要把脸藏在电脑屏幕后之时，却瞥见许迈克从我身边路过。我仿佛看见了救星，立刻拎起已经没有橘子鸡的棕色纸盒，从午饭和睦而欢快的氛围中逃之夭夭。

“你要去哪儿？”我问许迈克。

“无所谓，我就找个有桌子的地方工作一会儿。”他听起来异常随和。

“那你跟我去文理学院办公室那边吧，你可以坐在‘宙斯殿’里，那儿有很多桌子，还有全学校最好喝的汤。不过你知道吗？我那门课没选上。”

“啊……”许迈克简洁有力地表示了同情。

“我有点儿想哭，但是真哭了就太丢人了，但是如果你女朋友遇到同样的事儿，她也会哭吗？”

“啊……那她是一定会哭的。”

我瞬间得到了极大的心理安慰，哪怕坎迪郑遇见同样境况的概率想来会很低，毕竟康奈尔大学的校训是“任何人，任何科目，想学什么学什么”。哪怕三天后我和大三学妹贾斯汀吃火锅的时候，她觉得我压根儿不应该哭，哭了也不应该觉得丢人。

“许昂，”她说，“你不仅是一个包子，不但有社交恐惧症，竟然还有一颗玻璃心，这套餐也太豪华了吧。不要这么脆弱，振作起来。”

盛满酸菜鱼的中号铁锅汩汩冒出许多热气，阻隔住我们之间视线，那一刻，我觉得她才是我的学姐，我才是她的学妹。

学姐贾斯汀周一、周三、周五都有六节课，连吃午饭的时间都没有。尽管如此，她还是每天戴着金边墨镜袅袅婷婷地走在伊萨卡的阳光下，脚穿跑步鞋，随时准备去体育馆锻炼。吃火锅的时候，她只点豆腐和面条，其余什么也不要。大部分的大三学生都如同她一样，课表比纽约的地铁车厢还拥挤，却面朝蓝天，笑容像春日一样温暖。

许多大四学生却像我，焦躁而忧伤，只不过我的牢骚比其他人都多一点儿。

## 二

暑假时我下决心要读完在书柜里沉睡了十年的《约翰·克利斯朵夫》。

翻开第一卷，译者这样留言：

“战士啊，这世上受苦的远不止你一个。”

这句话如此令人感动，于是我把书放回了书柜里，牢牢记下了它。从那以后，每当牢骚将从我喉咙里溢出来的时候，我都会提醒自己：虽然我不快乐，但是没有人是快乐的；虽然我在受苦，但是每个人都在受苦；虽然其他人都以战士的姿态面对苦难，但是我却没有在战斗。这样一来，我心里平衡了许多，诉说的欲望也渐渐消减。

约翰·克利斯朵夫继续沉睡，我则从混沌的夜晚苏醒，雄赳赳地走进东方的红霞。

我以为自己已然脱胎换骨，朋友却都说我没有任何不同。显然，六个月的巴黎生活并没能让我变成一个更好的我，罗曼·罗兰也没能使我变成一个更新的我。我总算失落地明白，人总是越活越旧，哪有“焕然一新”这么一说。

好在伊萨卡也没变。“天台”餐厅沙拉窗口的队依旧长得令人沮丧，大学镇上中餐厅里的西红柿炒鸡蛋依旧又咸又甜，新生们满是喜悦与希望的面孔在人群中依旧是那样易于辨认，欧林图书馆依旧是人满为患，天依旧蓝得像未经稀释的水彩颜料，阳光依旧明媚，我的同学们依旧成熟可爱，我的好朋友们依然觉得我可爱。一切如旧。

除了微积分课。

大一上学期我曾经报了数学系的“微积分（一）”，因为文理学院要求每个学生至少选修四门理科课程，其中至少要有一门数学。我试听了第一节课，老师花了整整五十分钟讲解“极限”的概念，实在是太简单了。于是我毅然决然地将它换成了“近现代亚洲史导论”，并没预料到那学期轮值授课的历史系教授研究方向正好是印度尼西亚，以至于课程实际上成了“印度尼西亚近代史”。即便整整一学期我都一头雾水，还是没忍心再换课，因为教授实在是太帅气了。

三年眨眼就过去，我的数学必修课还是一门没上，于是我再度回到了微积分的课堂上。谁知道课程的内容大有不同。第一节课、第二节课乃至第三节课，老师提都没提“极限”，而是细致地讲解“什么是函数”。

我认真地记着笔记，恍惚间以为自己回到了高中的课堂上。

在我陷入回忆之前，老师——一位热情的俄罗斯博士——提问一名皮肤黝黑、体态优美的女同学一个函数的图像是什么形状。

女同学咬着铅笔思考了一会儿："是像个滑板一样吗？"

我想着滑板，嘴角微微翘了起来。

开学三天，我哭了四次，吃了五顿饭，遇见六个人，换了七次课，发了八封邮件，在极端的焦躁与轻巧的忧伤中徘徊游走了九次，喝掉十杯浓茶，在脸上展露出一次发自肺腑的笑容——就是现在。

数学真好。

# 二十一

昨天我二十岁，今天我二十一岁。

昨天的我和今天的我没什么两样，昨天的我却已经离开了今天的我，就像二十岁的我如何离开二十一岁的我——方式、姿态、步履、神情如出一辙。

于我来说，这大概意味着，相聚愈来愈少，告别越来越多；死亡愈来愈近，理想越来越远。我在十五岁那年自觉看清了生日的真谛，从那以后，就不再庆祝生日了。

然而对于在美国读书的大学生们而言，二十一岁生日或许是一生中值得庆祝的日子：打这天起，就可以合法地买酒与喝酒。

假使大家从不曾请学长学姐买酒，不曾在网上定做证件，不曾在朋友家的地板上欢饮达旦，二十一岁来临的喜悦或许会更扎实一点儿。不过我们总是可以装作什么都没发生过，懵懂地喝下二十一盎司绝对伏特加，用马克笔在小臂上划下二十一条黑线，吐一场，吐几场，吐一整夜，忘却前尘，剩下一个空荡荡的胃，好整以暇地面对美丽的新生活。

可惜今天我没有机会喝掉二十一杯伏特加，因为三个月前我决定戒掉烈酒。假使不戒的话，我大概会选择龙舌兰或是金酒，总之不会是伏特加——我觉得它是世界上最难喝的酒。不过转念一想，又有什么酒不难喝呢？桑格利亚倒是挺好喝的，却也不是因为里面那一丁点儿的白兰地和劣质红酒才好喝——我们的舌头只喜欢其中甜蜜的部分，比如说果汁，比如说糖精，比如说糖浆。

可惜我不怎么喜欢桑格利亚，即便它是那样的甜蜜。2月底我在巴塞罗那喝下了太多这种血红色的酒精饮料，因为它便宜，也因为每次和旅伴共点一扎时，她只喝得掉四分之一，于是剩下的四分之三总会流进我的喉咙里。

我是如此厌恶浪费，又是如此不懂节制。像我这样的年轻人，若是为了自己的健康着想，总得找出使生活失去平衡的诱因，并逐渐斩断与其之间的关联。于是我在三个月前戒掉了烈酒，在六个月前戒掉了可乐，在九个月前戒掉了薯片。

我的人生中不再有伏特加、冰可乐与烧肉味薯片。尽管有时我会梦见自己误食了薯片并且惶恐地醒来，可是在现实之中，未来和过去别无二致。

这样也好，我想，即使我永远活在二十不立的心境里，或许也不是一件坏事。毕竟年轻且糟糕着虽然不如年轻而蓬勃着更令人宽慰，总也比衰老且糟糕着好一些。

直到九月来了。

目击众神死亡的草原上野花一片
远在远方的风比远方更远
我的琴声呜咽　泪水全无
我把这远方的远归还草原

我若十八岁，将听见野花。

我若十九岁，将和一首诗。

我若二十岁，将嗅到死亡。

今天我二十一岁，我看见了草原——不知是好事还是坏事——但这样一来，我大概还是有哪儿变了。

9月来了，我依旧要不厌其烦地向人重申自己不过生日。至于礼物，倒是照收不误。

住在305的一家人送给我一瓶九五年的波尔多。生日后的周六晚上，我打开了这瓶酒，就着玄米茶和豆浆，伴随着室友房里不时传来的尖叫声，一边自斟自饮，一边在电脑上自说自话。

酒瓶空了一半的时候，我不得不承认自己的迷信——仿佛只要我二十一岁的第一天是在写作中度过的话，我之后的一整年便会笔耕不辍。为了这样的好兆头，我无法不放下物理作业，无法不放弃晚饭，无法不把音乐的声音开到最大，无法不一次次地拿起我那其貌不扬的酒杯——去年秋天上品酒课时发下来的娇小的、印有“葡萄酒专家”和“康奈尔”字样的酒杯。

我爸总说我文章写得不好，我也觉得他说的没错，可我不得不写，我没办法。

二十一岁的王小波想吃，想爱，想变成天上半明半暗的云。可是我不想，我什么都不想，我甚至连头挨了锤的牛都不如：锤子还在几里地外，我却已停止了步伐——这是一种多么可怜的机灵呵。

可惜我的二十岁没什么可以拿来歌颂。一整年里，我像往常一般懒惰而忧郁、健康而懦弱。如果我比常人积极勤奋，我大概可以写一篇文章来表彰自己的成就；如果我比常人悲惨坎坷，我大概可以呼号着强求旁人的同情。可是我拥有了过于平凡的生活和过于多的关怀，以至于自我表达都成了一种罪过。

因而二十岁的前十个月中，我始终沉浸在不被人理解的惆怅和悲苦中。

如今我倒是逐渐明白，即便没人懂得我，我又懂得谁呢——早该这样想了。可惜我学上得早，窍开得晚，愈是简单的道理，愈是丝毫不为所动。

二十岁的春天伊始，我短暂地觉悟了一次，就连说是有“醍醐灌顶”之感也不为过。

那一天是3月23日，下午4点54分，距离历史课讲座结束还有六分钟，我坐在索邦大学克里倪昂谷校区教学楼一层阶梯教室的座位上，在红色封皮的日历本扉页上果断而工整地自我鼓励：

“我还没有做好进入拮据甚至贫穷状态的准备；但是我清楚地看见，物质的充裕、生活的舒适、肉体的安逸会怎样消磨人的心智，怎样腐蚀人的灵魂。如果一切顺利的话，等我身无分文、被社会所抛弃的那一天，就是我对于人生真意虔诚追求的开始。我是如此惧怕那一天，又是如此期待那一天的到来。”

这段话至今还在我的本子上，被我随身携带，被大雨淋湿过一次，从巴黎到了北京又辗转至伊萨卡。不幸的是，我已经不再懂得它了。

淋过一场大雨的二十一岁的我，再没空想什么人生真意，我只希望自己能考上研究生，能好好写物理作业，能好好完成每一份作业。

我的朋友凯西对于我的沮丧不以为然。她一边“咯吱咯吱”地吃着宫爆藕片，一边对我进行甜蜜的说教。

“虽然你的文章一点儿内容都没有，但是我实在太喜欢你的文字了。不过我还是希望你能快乐一点儿，哪儿有那么多不快乐的事，”她说，“只要你告诉自己要乐观，就会很快乐。”

她说的似乎没错，二十一岁后的第一个周五，我突然真切地快乐起来：物理的单元考试考了满分，卷子上被贴上了一朵小红花。

虽然卷子被收走了，我还没能看清楚小红花的形状，可我想着它，突然又看见了一些希望。即便我无法用言语来描述希望的样貌，但我确确实实地看见了它。

酒喝完了，希望来了，该在这儿结束了，不是吗?

# 红

## 一

“被误解是表达者的宿命。”Y对我说。

她说这话时秋天刚刚开始，我俩正在路上走着，才经过大学城贝果店。大学城贝果店有两款非常好吃的贝果，一款是有酪梨和炒蛋的“加州日出”，另一款是有许多蔬菜的“花园比萨贝果”。可惜的是，没什么人买贝果来当晚饭。于是傍晚时分在这里出现的，除了一名常年在窗边自言自语的中年男子，就是过来在晚饭前小酌一杯打发时光的年轻学生们。酒的选择不多，无非是扎啤、桑格利亚，以及含羞草鸡尾酒。

“骂你的人多了，也就习惯了，没什么别的。”Y接着说。

几秒后，我们经过了“7-11”，我隔着不甚明净的玻璃门向收银台旁玻璃箱中干巴巴的烤鸡翅投去了短暂的一瞥。也不知她到底是在宽慰谁。

我本该附和几句的——换上一张哀哀戚戚的脸谱，假装自己是个身在风口浪尖、迎着攻讦前进的悲情英雄。

可我没什么好说的，因为骂我的人实在算不得多。偶尔有几个眼神不济的，也批评不到点子上，以至于我并没有自怨自艾的资格。

Y则不同，她有足够正当的因由觉得悲愤，因为骂她的人的确不少。不过这也倒是情理之中：每每有七个人无论如何也要成为她的微信好友、顶礼膜拜她的每一条朋友圈，就无论如何也有至少三个人要指着她的鼻梁骨、咄咄逼人地问候她祖上的世世代代。毕竟这世上，哪儿有什么不合理的事情呢?

走过“美味碗”后，我们到达了大学镇唯一的十字路口，Y云淡风轻地提起了那个将如此境遇加诸她的社交媒体。据称，在那个以问答作为主要互动方式的网站上，每个季度都有五十个人想要成为她的知己朋友，还有五百个人孜孜不倦地为她送上否定、攻击与咒骂。

“你有多少个粉丝?”我问。

“快五万个吧。”她答道。

“美味碗”是一家日式快餐店，店主来自东南亚，招牌菜色是猪排饭、担担面，以及味噌拉面——这话可不怎么公允，我这么说，只是因为我常点这三样菜罢了。不过无论是猪排饭还是鱼饼面，都胜在低廉的价格和足够带劲的辣椒。坏处也不是没有。当一个人在推开“美味碗”那扇挂着铃铛的门时，哪怕他在须臾间退出来，周身上下闻起来也像是被店里的油烟味泡透了一般。因此绝大多数学生都只在这里点外卖，没谁愿意选择堂食。我和Y一起吃晚饭，是一定不会选择这里的，无论这里的辣椒多么带劲。

Y总是想吃“故乡味”——一家位于大学镇最西端的供应炒菜的地下火锅店。事实上，Y更喜欢火锅店两侧的两家印度餐厅，她非常爱吃各式各样的咖喱羊肉和馕饼。我也爱吃咖喱，只可惜自打这学期开始，我再也寻不回一个适合吃印度菜的心境。我总是觉得我该在晚饭时间喝着玄米茶，抄几则《道德经》，什么都不吃。这样看来，中餐可谓是印度菜与什么都不吃之间一个折中的好办法。

所以这一回，Y提出要吃炒菜。而我虽然很挑剔，却也没什么主见。

“那我们多吃点儿肉吧。”

到底是Y还是我自己说了这句话，已经无从知晓。如今我回想起初秋的景象，只能依稀记得，有一个人很需要多吃一些肉，剩下的，不过是一些破碎的黄叶和瀑布里急流的水，以及每次我喝过奶茶后杯底总会剩下的珍珠。

像是一团黏稠的漆黑的卵。

走下十几级台阶，推开贴有招聘公告和特色菜单的玻璃门，我并没有在眼镜上等来预想中的白雾。我点了冷锅鱼，Y点了回锅肉。

在菜单被侍应生收走的那一瞬间她拿起了手机，一面回复消息，一面轮流查看朋友圈、群聊、推特、脸书，以及《纽约时报》的页面。她是那样的全神贯注，以至于从头到脚唯一在移动的部位只有右手的大拇指。

我的手机没有流量。在菜上来之前，若她不同我讲话，我便无事可做，于是心里有点儿不平衡。不过我总是忘了，如果我的手机可以上网，我或许也难以从朋友圈里移开视线。虽说我的朋友圈也不是特别好看——我只有四百个好友；Y有一千五百个，她朋友圈里的动态总也看不完，就跟草似的，野火还没熄，新生的又冒头了。

好在菜一会儿就上桌了，我在一锅红彤彤的杂烩里找到一块藏在土豆后面的牛百叶，几乎忘了质疑它存在于冷锅鱼中的合理性。

与此同时，Y不经心地用筷子拨弄着油光锃亮的五花肉，谈起了她在北京的网红朋友们。

“你想知道谁的事儿？”她说，“我给你讲。”

最后我们把回锅肉里的肉片和冷锅鱼里的鱼片都吃光了，剩下许多红彤彤的米饭、辣椒、青椒、青蒜、粉丝、土豆、腐竹，以及西兰花。

“你知道吗？好多人在背后说我吃相难看。”Y又说。

我倒是觉得这个说法不太成立。谁又能不在回锅肉里找肉、不在冷锅鱼里找鱼呢？能稍微控制一下咀嚼的音量就不错了。

“哪里的话，”我说，“我看你刚才吃得挺文明的，不怎么难看。”

我与Y不常见面。

2015年她在北京过间隔年（gap year），给一家财经媒体打工，有时为别人写写稿子。2016年她回了学校，我又去了欧洲交换。可是在这未曾谋面的一年半里，她的形象仍旧是活灵活现地跃然于我的脑海里：圆圆的眼镜，细细的眼睛，脖子上挂着时下流行的颈链，脚上蹬着长靴，走路带风，笑容狡黠。

她喜欢跳舞，是学校中国舞团的积极分子，除了有一次在台上跳到一半裤子掉了之外，留下的都是些顾盼生姿、神采奕奕的影像和画面。

她喜欢国际关系和政治，高中就投身于一项叫作“模拟联合国”的课外活动，成为圈子内的翘楚。到了大学生涯的前半段，她立志考法学院，加入了学校唯一的法学兄弟会。同时，她热衷于学生活动，总是挽着袖子、用铲子颠着郫县豆瓣、在低功率的电磁炉上炒出许多浓郁的肉酱，整个康奈尔没有人不认识她。

她今年二十三岁。

她与某一任前男友至今还是不错的朋友。

她喜欢听国内的民谣，也会用泰勒·斯威夫特的歌词发朋友圈，酒量尚可，几杯下肚就醉了。

她十分喜爱甚至羡慕她在北京的朋友们：都有着好看的面容、众多的粉丝、阳光的心态和顺利的生活。不像她自己，在美国寒冷的小镇上风餐露宿、编着程序、写着论文、吃着咖喱。

我以为她想要像她的漂亮朋友们一样，步履轻快、姿态优雅、丰衣足食、鲜衣怒马，在京城的雾霾里依旧自在地赏花。

关于Y，我所知道的，我能想起的，大概就是这么多。

## 二

这学期我第二次遇见Y，是在欧林图书馆外的石椅前。

10月中旬，天色已晚，四合的夜幕拢住我的视线，使得我分辨不清眼前人影的脸庞。说来也怪，远处的景象却在路灯的照耀下一清二楚。我远眺着回家的路，认真盘算着是该到“美味碗”买一份味噌拉面，还是到“状元楼”点一份辣子鸡丁。

就在这时，有一位女性的声音开始响亮地回荡在欧林图书馆与尤里斯图书馆几平方米的空地间，频率越来越高。多普勒效应告诉我，这是因为我正在朝着她的方向移动，而我的右脑告诉我，这声音准是Y的声音，没跑儿。

我停下脚步，发现她正在苦口婆心且长篇大论地劝说一位刚认识的学弟为何应该支持两位美国总统候选人中的一位而不是另一位，只是因为学弟在她做过自我介绍后突然说：

“学姐，我支持某某。”

“你这又是何必呢？”尽管我同Y的立场一样——整个康奈尔所有主修政治的乃至其他所有人文与社科专业的学生都

同我们的立场一致。一致到什么程度呢？一致到甚至鲜有人愿意俯下身躯、瞪大双眼看一看对岸——除了Y。她兢兢业业地花费了无数时间来阅读、研究、思考大选之中的环境、条件、因果，以及事实，就连对方领导人的中文绰号都是她带头叫响的。据她所说。

“学弟不过是站在图书馆门口卖墨西哥鸡肉卷，随口说了句话逗你一下，也得听你上一个半小时的政治课，真是够可以的。”

“没办法，能劝一个是一个。”Y说，“其实大部分人只是知道的少，等你把你知道的讲给他们听，他们就不会像原来那么想了。”

天已经全黑了，她站在夜色里，眼睛里的光照亮了图书馆前的空地。即便我同是政治专业，却也心悦诚服地站在两人旁边，听完了这节政治课，胸中的阴霾和积郁一扫而空。

我觉得Y的政治学得真是好，话术更是没得说。因而无论以后她决定从事何种职业，如果不与政治有关，如果不用她开头讲话，就太不合理了。

当然也有人不这么觉得。哲学系的优秀学生拓拓龙不止一次向我指出，Y没有经受过严谨的理论和哲学训练，难免同理心与同情心泛滥，无法正确地看待许多基本的问题。于Y而言，拓拓龙倒是高居在学术的象牙塔里，压根儿不接地气，无法具体地看待许多复杂的问题。

这也没办法。康奈尔的政治系（称作“政府系”），既教政治理论，又教国际关系。可是通常来讲，热爱政治哲学的，自然无暇研究实际问题；至于专攻实践的，又通常没有理论基础，以至于双方谁也瞧不上谁。真正能够做到心态平和的，只能是像我这样什么都学了一点儿的——又不懂理论又不懂实践，才能耐心听人吵架和扯皮。

好在拓拓龙肯定了Y的品性和人格：“她人很好，懂得同情别人，我是尊重她的。”

我赶紧点头表示同意。

不过她又说：“可是你要听我的，因为她真的没接受过任何理论训练。”

这么一听，她说的还真是挺有道理的。

我喜欢Y，也喜欢拓拓龙。我特别喜欢满腔热情、横冲直撞的人，仅次于我喜欢脚踏实地的水牛和勤恳劳作的蜜蜂。

“拓拓龙的一生过得太顺遂了，她之所以能这么说，是因为她没经历过衰败，没经历过倒退，没经历过处处受限的滋味。”Y如是说。

这时她端坐在奶茶店里的红色高脚凳上，喝着半糖的红蛙撞奶，眼神忽明忽暗，忽暗忽明。我俩的肚子里都塞满了冷锅鱼片和回锅肉片，已经装不下多少红豆与珍珠了。可是谁也不想打道回府写作业，便硬是延续了这一场谈话的寿命，一起走进了奶茶店里。

“衰败，”我吸着百分之三十糖的盆栽奶茶，尽可能地避开所有的珍珠，“难道你经历过？”

“嗯。”她说。

“怎么讲？”

“从小在首都长大的人，大概是不懂起起落落是什么感觉，不懂得什么是倒退。”

“还有呢？”

“什么是物质匮乏，什么是理想破灭，什么是生活没有希望，什么是生活突然又有了希望，什么是物质突然又不匮乏了，什么是从无到有，什么是从有到无……”

“所以呢？”

“所以我大概更懂得如何把自己放进别人的鞋子里。所以她光说别人鞋子臭是没有用的。如果她真的把自己放进别人的鞋子里，她或许就不会这么说了。”

说起红色，我会想到雪原上的红灯笼、菜刀切到手时沾上的血液、高中校服上的字、装有武夷山岩茶的盒子、去蒂的草莓、疲惫的眼睛、玫瑰、老电影、交通信号灯，也会想起红蛙撞奶里没精打采的红豆。

我会一边对他人的鞋子敬而远之，一边为他们拥有这样的鞋子而留下稀薄的泪水，几乎忘了换掉自己不合脚的鞋子。

Y则拥有照亮红灯笼的烛尖火焰，拥有时而切到旁人时而切到自己的雪亮的菜刀。她可以坦然地脱掉校服，也可以自然地走进陌生的鞋子里去——她是要干大事的。

直到后来，拓拓龙给我发来一段葛兰西的名言。

> 当你与反对者进行辩论时，要试着把你自己放进他或她的鞋子里：这样你会更好地理解他或她，或许还可能会认识到他说的话还有那么一点儿道理。有的时候我会让自己好好跟随这个智慧的建议。可是我的敌人们的鞋子实在是太臭了，臭到我不得不这样想：与其被臭气熏晕，还不如做一个有失公允的人。

我又觉得其实拓拓龙说得挺有道理的。不过Y已经从康奈尔毕业了，我再没机会转述给她听了。

## 三

这学期我第一次见Y，是在一家名叫“马车房子”的美式餐厅里。她坐在我的对面，嘴角还有奶油烙饼留下的痕迹，主动要求给我看星盘。

我说，好。

其实Y不那么懂星座，我也不那么信星座，但是我向来不善于拒绝。就像一小时前，我们得知早午餐要等位四十到四十五分钟的时候，我心里不愿意，却什么都没说。

但是四十五分钟很快就过去了。那天早晨下了雨，花坛边的石砖上的土与落叶都成了泥。我们坐在花坛边上，她指着街对面从一辆休旅车上跳下来的中国女孩，尖刻直接地评价了她的搭配，又着重点出了她身侧那个粉色香奈儿链条包来。

粉色是我最不喜欢的颜色——它总是让我想起玉渊潭公园里的孩子们指间的桃花，以及广场上的舞者们手上的扇子。

于是我说：“就算白给你一打，你都不会想要吧。”

Y却突然从手机屏幕前抬起头，转向我，神色认真极了。

“我想要。”她说。

然后她说自己想要钱，想要奢侈品牌的包，想要坐公务舱，想要住好酒店，想过优裕的生活，所以才要投身进咨询行业。话到此处她又有点儿焦虑，因为那时各大咨询公司恰巧开始发放面试邀约，她并不知道他们究竟想要什么样的人。

接着她谈起了北京的一个聚会。数十位微博上几十万粉丝和几百万粉丝的红人聚在一起跳摇摆舞，美国60年代乡村主题，与我们即将走进的餐厅装潢和菜色风格不谋而合。当那些在网络上动辄一呼百应的男男女女们一起跳起摇摆的舞步时，她突然觉得茫然，又有点儿疑惑。

关于那个聚会，她就说了这么多。然后她换下不知所措的眼神，又开始掷地有声地讲起了一个月后的美国大选、五年后印度的国际地位，以及十年后全球的经济形势——展望未来总是愉快而又耗费时间的，四十五分钟很快就过去了。

金发碧眼的服务生将我们领到座位后，Y点了蔓越莓白巧克力奶油烙饼，我点了牛肉汉堡和沙拉。食至一半她觉得吃不饱，又点了一份烤奶酪三明治。在等待三明治的过程中，她用手机上网帮我算了上升星座——白羊座——又花了五分钟娓娓道来这将如何关系到我三十岁以后的人生走向。

Y的口才可真不错，我想。

我以为自己算是口齿利落、善于说话，因而我很少觉得谁的表达能力好，可我由衷地觉得她是个真正该靠说话吃饭的人。就像她自己说过的，她梦想着在三十岁自己主持自己制作的政治脱口秀，哪怕现阶段她的简历全部进入了咨询公司人力资源部的邮箱。

那一刻，吃着奶酪三明治的她没能预见到自己会在11月的某一个晚上痛哭流涕、心如槁木，从而生出继续学习公共政策的想法。

吃着牛肉汉堡的我也不知道她冬天就要从康奈尔毕业了——我还以为她要在明年夏天与2017届的其他学生一起毕业。2017年的伊萨卡，以后的伊萨卡，都再也没有她的故事了。

但是有一件事我从咽下牛肉与生菜叶的那一刻便知道，将来的某一天，Y大概会成为一个了不起的人。

哪怕她其实把我的上升星座算错了，因为我的上升星座不是白羊，而是射手。

又有什么所谓？她是要干大事的。

# GPA消亡史

12月的伊萨卡大雪一场连着一场，雪中的你知觉和言语则十分迟钝。你时常想：要是自己还是个小学生就好了，就能面对着作文本上的方格，写下两页天真无邪的、配得上雪的句子。你勤勉地完成歌颂雪、赞扬雪、描绘雪的任务，就如同刻苦的诗人总要三不五时描摹爱人的眉眼，直到修改符号和波浪线给那一片白茫茫的天地添上斑斑的红色。

是个中学生也不错，你又想，哪怕姿态稍嫌做作了一点儿，也是种鲜嫩的做作——不像现在。你觉得大学时代的你，特别是大四的你，就像是被放在火上烤。再过个把月，等冬转了春，春成了夏，你就成了一堆焦黑的肉屑和一摊嗞嗞作响的油。你的喃喃自语全都不知所云，你的血和骨全都不知所终。

不过你的心在灼烧与炙烤中却无甚变化，比起孩提时代来毫不逊色：你依旧期盼着眼前日子的结束，你期盼着寒假，期盼着名正言顺的无所事事。有多期盼呢？期盼到你不断地梦见四年前、七年前甚至十年前的场景与情节，并且浑然不觉自己是在做梦，直到在兴致即将攀上高峰的时候苏醒。

再睡一会儿吧，你对自己说，说不定就回到梦里了。

临近期末的时候你突然厌倦了镇上为数不多的餐厅里为数不多的菜色。于是当你终于换乘两次公交车来到四十分钟车程外的超市时，你一口气填满了你的购物车：家庭装的排骨、家庭装的冻三文鱼、一盒只需三美元的猪蹄、四块牛尾、四块鸡排、两块猪里脊、适合炖汤的番茄、土豆、大蒜、小葱、生抽、老抽、一袋大米，以及许多可有可无的水果和厨具。你没料到，购物袋比感恩节前夕的超市还要拥挤上几分，你拎不动，还要叫同行的朋友们帮忙。

同行的朋友是一对情侣，两人购买的食品还不及你一人多。因为总有许多东西，她喜欢而他不喜欢；又有许多东西，他喜欢而她不喜欢。这样一来，就没剩什么东西好买了。

你的指弯被塑料袋勒得生疼，却顿时宽慰了几分：

理想不愿意听生活的，生活也不怎么理会理想。可是只要你同时拥有肉身和灵魂，随身携带着理想活着，怎么还不是活？怎么还不是过日子？你不也从9月一路活到了12月？

只是做饭这事儿可真是上瘾，于是你把12月为数不多的时间用在抚摸、切割和处理各式各样的生肉上。猪蹄和牛尾倒是可以过水后直接丢进电饭锅里炖上几小时，排骨若是要烤，又得费力费神许多——首先将冰箱里的苹果和料理台上的葱姜蒜一起打成泥；其次，蜂蜜、味淋、生抽、老抽、料酒、喝得只剩瓶底的白葡萄酒都缺一不可。然后你将手洗净，把搅拌后的酱料均匀涂抹在排骨的表面，为它包好两层锡纸，送进冰箱里腌制一天一夜——要像小学生上手工课那样认真，方能对得起那个粉身碎骨的苹果。

次日下午，你从梦中醒来，第一件事就是要去看看排骨，第二件事就是要把摄氏度换算成华氏度来预热烤箱。而你的心情大概同十年前母亲把你送进初中校门的心情别无二致：

“这排骨腌了一天一夜，味道总该还不错吧，希望烤箱能把肉烤熟。但也别烤煳了。”

幸运的是，历经了个把小时的煎熬，排骨总算熟得刚刚好，外焦里嫩，汁水四溢。你一口咬下去，心里连连惊叹：这可不是什么一般的排骨，至少能获个“奥赛一等奖”！

自此，你终于把福柯和阿甘本都抛到脑后，卷起了袖子，举起了菜刀——做饭、吃饭、睡觉，甘之如饴，周而复始。

11月的伊萨卡还是暖和的，你还没去过镇上的超市，衣柜里的“加拿大鹅”牌羽绒服还未派上用场，人行道也不会因为积雪成冰而使人脚下打滑。

你走在柏油路面上，双脚时而踩碎一些叶子；你走在连接校园与住地的大桥上，双眼时而穿过桥下的铁丝网看一看瀑布。铁丝网的作用是为了接住从桥上掉下来的人，大家一直将这事儿当作笑谈：如果哪一天真的想不开要跳到瀑布里，却又降落在了网上，哪怕摔断了腿，也要匍匐着向前再向下跳一次；要不然救护车和警车来了，还要收取你破坏铁丝网与浪费社会资源的两项费用，还不如一了百了。

但是你知道自己不会跳下去的，讲笑话的人也不会跳下去的。所以你们也只是看看瀑布。至于瀑布的水量，你观察到：除非下雨，不然也没什么水。

整个11月你的心思都花在无关紧要的事情上，除了11月8日。那一晚你的笔记本电脑终于不再播放综艺节目和一部以马为主人公的动画片，即便你同以往一样慵懒地缩在沙发里，头脑却十分警觉。

一个州，两个州，许多个州都被染上胜利的颜色，鼓点稳健地响起，像一首歌谣，又像是一支舞曲。你从晚上9点半开始守在电脑屏幕与手机屏幕前，只顾着凝视这一场荒谬的闹剧，尽管你平素最欣赏荒诞的剧目，尽管你在百老汇看

《等待戈多》的时候睡得天昏地暗。

于是你觉得鼻酸，于是你流下眼泪，于是你痛斥不怀好意的媒体与个人，于是你觉得疲倦，于是你一夜无眠，直到早上7点才轰然倒塌、颓然入眠，一个梦都没做。

太阳依旧升起在伊萨卡的上空，阳光却被云层遮住。他们对你说，这是天意。

可是翌日，不但太阳又升起来了，云朵也乖顺地履行了装饰品的职责，晴空万里。他们又说：太阳总是要升起来的。

只是你在接下来的几周依然一蹶不振：悲哀地定期观看电视剧，每周去镇上音响糟糕的歌厅唱十年前的流行歌曲，听着朋友们诉说理想破灭的哀伤。

10月是个顶热闹的月份，其中几个周末的晚上都是人头攒动、张灯结彩。可惜你不太记得10月的故事了，因为最精彩的画面全都葬身在野格酒的空瓶里。你什么都想不起。

不喝酒的时候你常常在网上玩一款以“三国”为题材的卡牌游戏。可是你记不住每张卡牌的功能，又不能随心所欲地选择游戏中的角色：在你的心目中，孙权的长相比刘备更佳，曹操的诗才比刘备更好，张飞的品性比刘备更本真，可是你的室友和你一起在线玩四人对抗局的时候，却总让你选择你不喜欢的刘备。

没办法，室友玩得好，只能听她的。说来她也是位高手，每晚和电脑程序对战，早就将规则烂熟于心，练就了一身宜攻宜守的好本领。你羡慕她的等级，也羡慕游戏里的景致。人要是能回到古代就好了，你盼望着，在战场上“哼哼哈嘿”地厮杀，是何等的快意。

一直到10月末，你才终于腻味了野格、灰鹅，以及网络游戏，这下伊萨卡的生活便更加乏善可陈。

9月的伊萨卡美得像梦一样，算是当得起你的校友胡适之的一句“绮色佳”。与此同时，在这绮丽的景色里，你嘴角噙着比9月的阳光更光明的笑容，为自己选修了二十一个学分。

# 七个毕业生

## 一

对于康奈尔大学的每一位准毕业生来说，大四生活就跟一阵旋风似的，把种种已知的、未知的渴望和苦闷一股脑儿刮来身边，直叫人避无可避，又束手无策。

说来也滑稽。若是有哪位可以超然于这种生活，并且高居在伊萨卡的上空俯视一会儿芸芸众生，一定觉得讶异：

二十出头的年轻人这时正处于极致的喜怒哀乐抑或是消极麻木中。谁因为一个怀抱、一方去处而心花怒放；谁又因为一场等待、一次回绝而捶胸顿足；还有谁由于连日来的失败，为自己披上一件“漠不关心”或是“毫不在意”的外衣来平静度日，却又在平静之下的暗流从胸中喷涌而出的那一刻全然崩溃……

那天上的人或许会想，假若每一位慌里慌张还诚惶诚恐的年轻人都能活到七十岁，那么这一个躁动而促狭的秋天便顿时无足轻重起来。

道理是简单的：七十岁的长者哪里还会记得大四考试成绩的好坏，哪里还会烦扰于面试官的不近人情，又哪里还会在乎他们曾以何种方式排遣掉自己的迷茫和悲忧？这样一来，年轻的心境登时化作几行乱窜的化学元素，随着几匹沾满烟尘的白马一溜烟儿地跑开。至于留下的刻痕也如水里的剑一般，离舟中人愈来愈远，再不可得。

当然，讲道理比道理本身更简单。可是在伤疤还未成为刻痕之前，讲道理的人——譬如说我——如何也去不了天上。

事实上，我不但去不了天上，就连在伊萨卡的地上，也时常感到难以度日。

好在这篇文章并不关于我。文章里的人都没什么时间写文章，他们各忙各的，总还能在碧壁湖畔忙出点儿什么。至于左手挎着竹篮的我，若是诚实地记录下怀揣各式铁碗、金盆、木桶、玉鼎，甚至空着双手的同窗们的故事，也算是尽到了一些社会责任。

铁碗易锈、金盆易沉、木桶易燃、玉鼎易碎，解渴倒成了难事。但哪里又有什么轻松的事呢？于谁都一样。

那我开始讲了。

在大四的10月还是9月的某一个周三或是周四中午，玛丽与我正在学校酒店的天台餐厅吃加了姜汁芝麻酱的水果沙拉。沙拉吃到一半时，她收到了日本研究课教授发来的邮件，说是2015年诺贝尔文学奖得主要来学校做演讲，我几乎要从椅子上跳起来（旁人看来我仍是冷静地端坐着，穿着为了景观设计课方案展示而换上的黑裙子和船鞋）。

“那你去吗？”我故作镇定地问玛丽。

“应该？或许？可能？”玛丽说话总是少一股言之凿凿的劲儿——她是杭州人，一颦一笑都格外清淡和缓。

“那你就去吧，和我一起去。”

“可你不是刚说自己熬了一个通宵吗？不回家睡觉啦？”

“那也没辙。”我说，“我先回去睡一个半小时。讲座4点半开始，我要是迟到了，你就帮我占个座。”

“好的，那我在中间也先回实验室。”玛丽说，“不过你知道这个获奖者是谁吗？”

“不知道，”我想了一会儿，“我只知道她获了诺贝尔奖。”

“斯韦特兰娜·亚历山德罗夫娜·阿列克谢耶维奇，”玛丽花了好一会儿才捋顺舌头，把这位作家的名姓念出来，“响个铃没？”

“没。”我说。

我可要由衷地感谢斯韦特兰娜·亚历山德罗夫娜·阿列克谢耶维奇，尽管我没读过她的书，尽管她的讲座我还是迟到了，尽管我不会用英文念她的名和姓，尽管她不会说英语，因而她一边用俄语念着讲稿，大屏幕上一边滚动着英文版的演讲词，尽管看到一半儿我就走神了，开始画速写，尽管那些速写没有一张令我满意，尽管我要拍特写照片时才发现自己的相机没电了。

但是她启发了我。

大屏幕上的演讲稿里有这样一句话：

“我不喜欢把我所做的事情称作访问——它们其实更像是有关生命的对话。”

“玛丽，”我精神抖擞、如获至宝，在本子上潦草地写下：“你想跟我进行一场有关生命的对话吗？”

“？”玛丽写道。

“我想写篇文章，叫作《康奈尔的八名大四学生》，算你一个，你有什么是不愿意让我写的？”

在玛丽长长的沉默中，我的签字笔尖已经开始飞快地列举采访对象的种种可能。

全校几十位大四留学生，要是按照去向人数多少来粗略地排列，大概呈现出这样一番丰富的景象：未来的咨询精英，投资银行家、编程人才、工科博士、理科博士、会计师、设计师、创业者、法学学士、文科博士，除去几位前途未卜的，应是没有任何遗漏。

言至此处，我感慨得几乎要流下泪来，好一幅欣欣向荣的气派画面！经过在各行各业里的精挑细选，我总算敲定了七场“生命的对话”的名单：

玛丽、大卫、芙蓉、露西、唐娜、杰克、贝拉，还差一位，怎样也想不出该写谁。我隐隐地后悔：早知如此，为什么不跟“写代码”的学生们交朋友呢？毕竟他们代表着未来与希望，没能包括未来与希望的纪实文学，总归失掉了几分光明的色彩。

不过无论是多黯淡的故事，也总是要讲下去的。

康奈尔大学一共设有四个私立学院与三个公立学院。公立学院各立一隅，倒也相安无事；私立学院则不这样，若是互相鄙薄起来，总是兴致昂扬、声音洪亮。

建筑、美术与规划学院的学生心比天高，因而每年4月都会亲手制作一条能够代替他们飞上天空的祥龙，同时把自己全身涂满绿色，在校园里欢快地奔跑。他们常常觉得外人不酷，可是鉴于他们总也不存在于外人的生活里，大家甚至都不知道自己被艺术家们当作了土包子。

偶尔有受不了建筑系繁重课业的，大多都转去了酒店管理学院——一个包容而圆滑的学院。只是今年，一位新生在社交媒体上不太圆滑地宣称：

“我知道大家总是对我们酒管人有偏见。大家总是说‘哦，他们每天就只学折餐巾什么的’，但是其实我们每天学的东西可比折餐巾多多啦。我甚至都不确定我们到底有没有‘折餐巾’这门课。要我说，别人来学校都是为了学习一些谷歌上就能搜到的东西，而只有我们在学习怎么与人说人话。”

她说的一点儿没错。不过她忘了，酒店管理学院已经不存在了——今年年初并入了康奈尔商学院。

文理学院的学生总是嫌弃其他学院的人文化课上得太少，文化程度太低，可是上了许多文化课的他们，压根儿就找不着工作。更令人心痛的是，他们在文化课上所学的，确实是任何搜索引擎都能搜到的知识。若是仅仅如此也就罢了，最关键的是，他们还把这些知识都忘了。要是将来再用，还是得上谷歌网搜一下。

至于工程学院——工程师们实在是太忙了，忙到没时间说三道四，顶多排挤一下自己人。在所有专业中最受轻视的是听起来学术水平和技术含量最低的“运筹学”，可是据我观察，偏偏是“运筹学”专业的学生工作找得更好。

我们的第一位受访者玛丽就是工程学院的。不过与大多数选择“运筹学”的华人女生不同，她主修“材料工程”。这是个相当辛苦的专业，用她自己的话说：“全系没人不熬夜。就连教授们还经常夜里一点半回邮件呢。”

说这话时，我们刚从斯韦特兰娜·亚历山德罗夫娜·阿列克谢耶维奇的签售活动中归来。玛丽正坐在我的对面，鼻梁上架着藕荷色的树脂框眼镜，指甲上涂着亮晶晶的粉色油彩，自如地吃着牛肉炒荞麦面。

“你这学期都上了什么课？用中文讲。”这是我经过仔细思虑后决定出的每个受访者都要回答的一个问题。

“我先想想用中文怎么讲。”她慢吞吞地想了一会儿，“‘能量储存、转换与生产’‘有限元分析’‘核工程导论’‘材料的机械性质’。”

“那你毕业后想做什么呢？”我的科学水平不足以支撑一

场关于“有限元分析”的讨论，只好仓促地抛出下一个问题。

“接着读呗。反正也找不到工作。”

“读博士还是硕士？”

“能考上博士就读博士，能考上硕士就读硕士。”

“读完呢？”

“读完再说喽。”玛丽尝了尝餐厅赠送的寡淡的绿茶，又补充道，“找个工作？”

“你这学期都靠什么娱乐活动来放松呢？”

“其实我没怎么放松，你就说我在过去的三周里打了两盘三国杀就行了。”

“综艺节目、英剧、美剧、微博呢？这学期一点儿都没看吗？”

“大四还哪里有时间看电视剧啊，那谁来给我写作业和实验报告啊，开玩笑！我这学期忙得连睡觉的时间都没有。你快点儿吃，吃完我还要回实验室写实验报告呢。”

这倒是出乎了我的意料。要知道，一年前我们同住一间公寓的时候，她还对东亚与欧美娱乐圈中的大事小事了如指掌，不但频繁观看谍战题材的国产电视剧，在周末玩蜘蛛侠的单机游戏，还时常向整间公寓介绍新的综艺节目。

我俩常常聊着八卦，吃着她从“7-11”买来的各类黄油饼干，好不快活。

后来我才知道她所言不虚。因为从这段9月的采访结束直到学期尾声，我都没再见过她。

## 二

第二位受访者是物理系的高才生大卫。他的周身环绕着数不清的光辉事迹：在一节为研究生开设的高阶物理课上同助教吵架；在一场于上纽约州举办的学界盛会上为一百名副教授做报告；在一本重要的国际期刊上发表了论文，并且在研究理论物理的过程中顺便读了个数学专业——用他自己的话讲。

大卫的室友杰克曾发问：“你想去哪儿读博士啊？”

“普林斯顿。”大卫答曰。

“第二志愿呢？”

大卫想了好一会儿，愣是没能给出一个回答。

这样的大卫，可并不能展现这篇文章的本意。我多想如实地描绘大四学生的迷茫、哀怨和疲惫。可是大卫的人生过于顺风顺水，实在无甚挫折可言，以至于我不想把他收录进来。

后来我转念一想，但凡在美国读理论科学并且学得好的，都能顺利地走上考取博士、拿到绿卡、择校任教这样的路途，也不能被我选择性地忽视。于是即使我明知大卫的故事对于任何人都起不到鼓舞士气的作用，也还是要把他囊括进我的名单。

对于大卫来说，能使他烦恼的顶多是学校好坏的问题，更精准地说，只在于学校的气质和学生的特点能否对他的胃口。例如，哥大的物理不够好，纽大的学生看起来都不太想学物理——用他的话说。可是他必须待在纽约，因为他的女朋友家在纽约。

我仍旧没死心，坐在大卫家狭小昏暗的客厅里，试图抛出几个能够触及人性的问题。

“你这学期选了什么课？用中文说。”我问。

“让我想想，”大卫手里捏着一本纳博科夫的《王，后，杰克》，口中念念有词，“‘射箭入门’‘语言学导论’‘凝聚态物理’‘高等物理实验’‘拓扑学’。”

“你箭术如何？”

“中流水平吧。”过了一会儿，许是怕我弄不明白语境，又谦和地补充道，“五箭里有四箭能射中九环。”

“这门课好吗？”

“好。不过你在体育上至少得有一定的天分，才能由衷地享受这门课。”

关于“凝聚态物理”，我并没有什么亟须解答的疑惑，只好进行提问的下一个环节。

“你有什么痛苦的事儿吗？”

“有啊，我现在压力很大。”

“那都是哪些事儿会带给你压力呢？”我有样学样，循循善诱。

“我不喜欢做报告，不喜欢打电话，不喜欢GRE，不喜欢找教授要推荐信。”

“你也不喜欢当堂和大家谈话啊？”我立刻瞪大眼睛，换上一副深沉的、同情的面孔，暗自窃喜自己几乎要摸到天才的软肋。

“也是怪了，其实我每次临场发挥都还行。非要说的话，其实每次发挥的都是相当不错。所以我的压力其实没什么道理。其实我这个人吧，如果要总结一下，你可以说我是一个

‘不担心以前，只担心以后’的人。”

我的第二场“关于生命的对话”就这样以没能问出个所以然告终。我和大卫和大卫的女朋友在他们的客厅简单地聊了一会儿八卦后，带着笔记本灰溜溜地走了。

## 三

现在我终于得坦白了，这一回的采访计划其实到这儿就夭折了。

我东忙西忙，再没时间坐在受访者们的客厅里，问问他们这学期都选了什么课，生命的烦恼都来源于哪儿。于是我换了一个更自然的方式——同他们一起吃饭，这样万一谈话进行不下去，起码还有美味的食物。

可是第三个受访对象芙蓉不同意和我吃饭。

她这样说：“这学期我把所有和我进餐的要求都拒绝了。如果有学弟学妹来找我，我就说，你要有问题，我们就在星巴克讨论。既然是来找我说话的，那还吃什么饭啊？除非你真想吃饭，那吃饭又为什么要加上我呢？”

末了她又补充一句：“这个世界上每个人都该自己吃饭。”

于是这学期我时常在街上碰见她——手里拎着装着外卖的白色塑料袋子，不是日本餐厅“李子树”的寿司卷和咖喱饭，就是韩国餐厅“可可”的加了双份午餐肉的部队汤。她一米七五的个子，走起路来裤腿卷着伊萨卡的寒风，飒爽极了。

“可是我不是学弟学妹啊，跟我吃顿友谊的晚餐也不行吗？”我试图说服她。

“你也不成。还是那句话，你要是想跟我说话，我们就在星巴克说；你要是想吃饭，就应该自己买外卖回家吃。我非常愿意跟你说话，但是我想自己一个人吃饭。”

“好吧。”我总算放弃了。

我还记得大二夏天我俩都在学校滞留了一阵，那时我们常常在晚饭后一起散步到中心校区的钟楼旁俯瞰整个伊萨卡。夕阳下的卡尤加湖在金光中时隐时现，夜风和晚钟也时常穿过我们的谈话，一个温柔，一个清脆。我们谈论了亲情、爱情、友情和时间这四个宏大的命题，只觉得心情宁谧。不过那时我隐隐地预见了未来：两年后，大四的芙蓉不会再像现在一般平和了。要从事投资银行的人，莫不是如此。

大四真的来了，偏偏今年金融业分外不景气，暑假在华尔街大银行的投资银行部实习的中国学生们，谁也没拿到返聘邀约。哀鸿遍野。可是未来的投资银行家们没有时间悲伤，他们只好穿上西装，投递出一百份简历，每隔三天就要乘大巴在伊萨卡和纽约之间往返。

“至于那些翘掉的课，谁还管得了那么多。”芙蓉说。

我最终也没能采访到芙蓉。整个学期，我只在中心校区的一个十字路口遇见她一次。简单拥抱寒暄过后，我没敢主动提起找工作的事。

“你知道吗？我可能找不着工作了，也要开始申请研究生了。”芙蓉大笑着说，“我下个月就去宾汉姆顿考GRE，一定要考得比你高。”

我不知道该说什么，觉得这仿佛是个悲伤的话题，只好故作轻松。

“可是我一点儿没复习就考了，你跟我比，有点儿不太公平吧。”

“俗话说，过程不重要，结果才重要。”芙蓉脸上小女孩儿的神态一闪而过，“就说你敢不敢跟我比吧。”

芙蓉在放松的状态下非常喜欢和人比赛、下赌注。一次她非要拽着大卫和他比赛谁能够更准确地估算一个零钱盒里的硬币加起来有多少钱；另一回她非要和我打赌大卫和女朋友会在毕业前分手，我说不会，她说会，赌注是一根冰棍儿。

这她就没看懂了。对于身边的朋友总要抱有美好的祝愿，就算输掉一根冰棍儿又何妨。于是我笑意盈盈地说："不比，祝你考得比我好。"

"你可真虚伪。"她顿时觉得没意思了，一抹只属于孩童的光彩在眼中转了转，又无影无踪了。

"我能写你吗？"我问道。

"欢迎，"芙蓉说，"不过请把我写得高大一点儿，不要给我贴上任何标签。"

最后，我在本子上写下：

芙蓉，双修经济和数学，校内知名金融兄弟会成员，渴望早日达到经济独立并通过物质自由获得精神自由，故而选择投资银行。可惜今夏投行光景惨淡，于是芙蓉与万千投行从业者转而投身咨询业，因而咨询职位也十分紧俏。她铩羽而归，一边面试，一边准备考取研究生。平素爱好打牌，观看各类脱口秀及美剧《我怎样遇见你的妈妈》，与人打赌，将外卖携带至自己的房间。

我想到但是没能写在纸上的是，总有一天，她会穿着藏青色的西装裙，踩着一双限量版的高跟鞋，每天睡三个半小时，往返于华尔街的某一座大厦和自己在曼哈顿中城的寓所；每周健身一次，睿智、健谈，甚至在必要的时刻咄咄逼人；坐上头等舱，在海岛上举行婚礼，生一双儿女，以最宽松的方式养育小孩，必要的时候可以和儿子调情（据她所说）。至于怎样达到精神自由，那就是达到物质自由之后的事了。

对于这两段话，我十分不满意。其实我想写一写她脸上那种极偶尔会出现的小女孩儿的神态，可是我写不出来。

## 四

第四个受访者是与芙蓉人生轨迹略有重合的露西。我没有特意采访她，不仅因为她就住在我的隔壁，也因为有一位不愿意透露姓名的朋友在某一个晴朗的下午热情地为我提供了全部素材。

用这位朋友的话说：“露西永远知道自己要什么，从大一开始就知道。她知道自己要做咨询，所以她就要学经济和统计这样能让她的成绩单好看的专业，所以她上的每一门课都能写进她的简历里……

“所以她从大一就开始做相关的实习，大二的实习再好一点儿，大三的实习再好一点儿，大四就不愁找工作了。她太知道自己要什么了，所以她只做对自己有用的事。所以她才这么成功。”

“这样说也太绝对了吧？”我提出，“我看她每天晚上也打打三国杀，在房间里喝喝香槟和甜酒什么的。”

“那是因为她已经找到工作了呀。”这位朋友继续说，“这种人的厉害之处就在于她为了目标和理想可以牺牲一切不必要的娱乐和休闲。上学期你不在学校，都没看见她瘦成什么样子了。”

的确，我有所耳闻，露西为了好身材一整年没吃晚饭，瘦了二十五斤。这学期好不容易恢复了正常饮食，又长回来五斤，于是又开始每天晚上只喝一瓶酸奶——这部分是我亲眼所见到的。

“佩服，”我感叹道，“造物主实在是有意思，她平时性格那么温和，待人总是笑呵呵的，没想到兵不血刃就成为了全校中国学生里各大咨询公司最爱的那一位。”

“你别觉得做金融的人就不能温和。说实话，如果你是面试官，你是喜欢一个咄咄逼人、扬扬得意、自视甚高的说大话的年轻人，还是想要一名脾气好、事情少、踏实肯干的可爱女生呢？面试官也是在给自己挑同事啊……

“你别看她看起来没有咱们年级其他几位能说会道，可是她成绩单最漂亮啊，态度又谦和，我要是面试官，不要她要谁？”

“佩服，”我望着这位朋友四溅的、在阳光下格外晶莹剔透的唾液，不由得心生敬意，“她真是好，你总结得也真好，受教了。”

“那可不是，”这位朋友狡黠地笑了，“不过你可学不来。谁也学不来这一套。在当今社会，最可贵的能力就是果断摒弃你心灵和肉体所渴望的，用脑子做事，不浪费任何时间、感情和经历在脑子不让你做的事情上。当然，你的脑子得学会分辨什么是有用和无用。就比如说你，你要是有露西三分之一的克制力，也不至于读了四年书，连一个辅修都没有就这么毕业了。”

这话可扎扎实实地戳到我的痛处了。

本校文理学院的风潮，或是说传统，便是至少要双修两个专业，至于修三个专业或是两个主修带一门辅修的，也是屡见不鲜；再不济者，也至少有一个主修加一个辅修。时下比较热门的，是经济加统计、经济加数学、经济加社科，或是数学加计算机；辅修的选择较多，但也不外乎是商学、国际关系、一门外语。

我倒是个例外：我曾经分别宣称自己要辅修创意写作、艺术史、音乐、戏剧表演、美术、法语与法律。课程上得最多的是法语——离辅修的要求只差一门；课程上得最少的是创意写作——一门都没上下来，导论课上到一半儿就退了。

想到此处，我不禁黯然神伤，时代的浪潮与光荣皆已将我抛弃。我带着一腔热血和许多鲜红的志愿来到伊萨卡，却要孤零零、光秃秃地离开，一片云彩也带不走，只能带走一本没有荣誉标记的毕业证书和一个政治系的学位。

也罢，好在这篇文章，并不关于我。

## 五

第五位受访者同露西和芙蓉都不大一样。

漂亮的山东女孩儿唐娜，双修古典学加政治理论，平日只听德语音乐剧。她不但不齿任何的“无用论”与“有用论”，凡是被年轻人所热烈追捧的，她都嗤之以鼻，比如“酒精”“大麻”“派对文化”“兄弟会文化”“一夜情文化”“反智主义”“毫无原则的同情”，以及“酒池肉林的欢乐”。这也可能是她朋友并不多的原因。

“你知道吗？”唐娜颊侧的两绺卷发沉默地垂着，与她的神情同语调形成鲜明的对比，“我认为派对文化是世界上最低等的文化。”

“嗯。”我点点头。

“大家到底能从中获得什么呢？除去酗酒、扭来扭去、逞肉欲之外。可是这是最低等的欲望，不是吗？这是动物的欲望！没日没夜地像动物一样！羞耻！低级！”

“真的。”我说。

“现在的人啊，没有脑子，没有智力，怎么说呢，没有智识。对！就是这个词，智识！”

“真的了。”我说。

“为什么没有追求呢？为什么只想着赚大钱呢？为什么只想着名牌呢？庸俗！为什么只想享乐，却没有半点儿精神追求呢？”

“千真万确。”我说。

“我承认我们无知，我承认我们也很愚蠢，可是我们至少清楚地认识到了自己的无知和愚蠢，我们至少想方设法在争取完善自己的智识。我们还在意‘人性’这件事儿。”

“你说得很对。”我说。

她定定地看了我一会儿，仿佛在琢磨这话的真假。少顷，她伸出手来：“天哪，我们可能是最后的人性之光。”

我差点儿要跨过我们面前两碗六块九毛九的食堂杂烩咖喱饭和她握手，但是袖子却沾上了咖喱，只好作罢。

“既然这样，人性之光，我可以找个时间采访你吗？”

“没问题，没问题。”

可惜文科生都有拖延的毛病，以至于直到学期结束，我们也没能好好进行“生命的对话”。也不是没时间见面，午饭倒是一起吃了好多回，只是席间俩人一直在抱怨不阅读材料却胡乱发言的美国同学，除此之外没有什么实质性的成果。

后来，我又觉得其实不需要什么实质性的成果。她一早就打定主意要在学校里待一辈子，现在忙着写荣誉论文和申请博士，大概是为了那一张象牙塔居留证而做的准备。

## 六

第六位受访者是杰克。他又瘦又高，脸上总是有一种似笑非笑的神情，叫人实在摸不准他心里在想什么。我一直以为他是我的好朋友，至于他拿不拿我当同等亲近的好朋友，我就不清楚了。

拥有这般闪烁其词特质的人，做心理咨询师，实在是再适合不过了。这也是为何杰克选择了心理作为大学的专业。他成绩很好，虽然没有露西那么好，但也相当不错了，如果什么课分数下了4.0，他便会唉声叹气。

因此两年前，我对他的心理事业怀抱着莫大的信心："杰克，你说如果四十岁的我心理出了问题，可以找你做心理咨询吗？"

"按道理来说，我们是不能给熟人做咨询的。"

"哎呀，本来还想着找你能打个折。"

"我们不如还是祈祷四十岁的你生活美满，不需要去找心理咨询师吧。"

过了一会儿，他脸上又流露出一种熟悉的似笑非笑的神态：“不过说不准那时我就转行了。你知道的，我的理想一直是设计过山车。”

没想到大三下学期他真的转行了，成了一名法学院备考生，抱着两本上千页的法学院备考资料去了巴黎交换。

大四上学期我只与他见了三次面，又吵了两次架，所以最终也没能采访到他。好在所有的法学院备考生的大四生活都千篇一律——写长达八十页的荣誉论文，每天做一套法学院的入学考试题，完成申请——还要趁早，毕竟美国的法学院都是滚动录取。

杰克有位比他长一岁的学姐，在去年此时，每晚6点钟准时踏进图书馆，做两套题，12点钟从图书馆回家，再做其他作业，最后考上了哈佛法学院，一时传为佳话。

于是我祝福杰克：“你怎么也能考上‘前六所’，不要压力太大，要偶尔和室友喝酒放松一下。”

“还‘前六所’呢，我能考上‘前十四所’就谢天谢地了。如果我什么都考不上，可能就得流落纽约街头卖艺了。真有那么一天，我可以用中、英、俄、法四种语言轮流唱《莫斯科郊外的晚上》。”

看他的表情，我知道他只是在自谦；又想起他会四门外语，法语还比我说得好多了，怎么也不至于在街头卖艺，不由得十分气馁。

后来我们就吵架了，我还是从他的室友大卫那里得知：杜克大学已经向杰克伸出了橄榄枝。虽然他心系东北，志在纽约，但也算有了保票，不用再似笑非笑地讲街头卖艺的笑话了。

我目前还不太羡慕他——接下来他还有三年的苦要受。等到三年后他以法学院毕业生的身份出现在纽约街头，就是另一回事儿了。

## 七

学期末的时候，我总算如愿以偿地和贝拉吃了一顿饭。她是我采访名单上的第七位。

整整四个月，我们总是于每个周二早上10点在钟楼旁的斜坡上擦肩而过。她嘴唇红艳，笑容灿烂，耳朵和脖颈上常常挂着亮晶晶的首饰。

她是下坡，总是气定神闲地问候我，偶尔称赞一下我的口红，再眨眨眼。

我是上坡，总是呼哧带喘地大喊一句：“我迟到啦！”再飞快地跑开。

“哈哈，”她在我背后说，“改天吃饭。”

期末周的某一个周四，我总算如愿以偿地和贝拉吃了一顿饭——我迟到了，还在路上撞见了二十个举着纸箱板的韩国学生，喊着参差不齐的口号，要求罢黜他们的总统。

贝拉双手握着咖啡店红色的纸杯，眼睛、耳钉和笑容一起闪闪发光。

“没关系，我也没来多久。”她甜甜地说。

“时间过得好快啊，”我喝着去冰的冰摇柠檬茶悠悠感叹道，“转眼间我们就大四了。”

“是啊，一转眼的事儿。”

“毕业之后你要干吗？”

“不知道欸。”

我决定采访贝拉，就是因为她是唯一一个不知道自己毕业后要做什么的人。全年级还有其他许多不用为生计发愁的学生，各自却也都已经奔着明晰的前程去了，只有一个她，坦然地笑，实诚地说着“不知道”。

她是一个这样好的采访对象，可是就像我在几千字前说过的，我没能采访成功，因为话说到一半儿，我俩就去咖啡店隔壁的当地油炸食品快餐店吃炸鸡了。那儿的炸鸡，是我在美国的土地上吃过的最好吃的炸鸡。

“欸，你别说，还真好吃。”

“我怎么会糊弄你？听我的，绝对没错。”

“味道有点儿像肯德基的原味鸡，但是好吃三倍。”

“好吃八倍。”

“本来我就想吃一口的，现在我想再吃一块了。”

“吃！随意吃！”

“欸，你有梦想吗？”

“怎么说？”

“比如说，你是不是以后想写东西？”

“嗯，怎么说呢？”

“哈哈，我就知道你跟我特像。那你还不赶紧给我的电影写本子？”

“哪里的话？我写了，您也得拍啊。”

“我以后肯定要成立自己的电影工作室。先拍一两部商业的，然后就只拍自己想拍的，拍艺术片儿……

“其实要是电影这条路走不通，那我就回国开家幼儿园。我最喜欢小孩儿了，这样我的教育专业也用得上！

“要不然，我就一边拍电影，一边办学校。我的学校不能贵，但是要好。我要招最有耐心的老师，给孩子请最精心的厨师。如果我还有钱，就去做慈善。欸，等你以后有了小孩儿，可以把你孩子送到我的学校啊。”

“哈哈，就这么说定了。不过你可不能让厨师给我的孩子做炸鸡吃啊。”

“那你还吃得这么欢！不过不怪你，真的很好吃。”

“是啊，吃着这样的炸鸡，什么烦恼都没了。我们干杯吧！”

“你吃傻啦，没有杯子，如何干杯？”

“就用炸鸡呗！”

“好吧…… Cheers!”

“Cheers!”

# 离开伊萨卡

## 一

毕业典礼当天下午，我将自己绊倒在歌德文·史密斯教学楼门口柱子前的石头地面上。这一跤摔得不轻：左膝盖少了一块皮，右小腿多了一道三十厘米长的划痕。我龇牙咧嘴地站起来，为了掩饰尴尬，只能掸掸身上宽大的黑袍子和未经熨烫的白裙子，脑门儿被毕业帽勒得生疼。到底是毕业帽太小，还是我头太大——这问题困扰了我整整一天。

更令人困扰的是膝盖处持续发作的烧灼感。可是我下午要与太多再也不见的景色和人物合影留念，没时间处理伤口，只得步履蹒跚地与两对情侣一路向北，探访大一生活开始的地方。

北校区是新生的天地，也有着全校最好吃的快餐店“熊的必需品”——康奈尔的吉祥物是熊。至于那两对男女，走在前头的是我爸妈，走在后头的便是《康村爱情故事》的主人公、全校的明星情侣许文睿和郑婧。大学生活的结束也没能让他们分手，两人更加如胶似漆，离开对方超过四十分钟便会忧郁症发作。

同他们一样，我也没怎么变，仍旧喜爱“熊的必需品”里各式各样的三明治。这一次，我吃了一个卡尤加湖炸鱼三明治，因此错过了3点45分在中心校区中楼前隆重举行的康奈尔2017届全体中国学生大合影。

离开伊萨卡后的第一天，我在纽约苏活区丢了钱包。虽然我至今没想明白到底是怎么丢的，偷钱包的人可算得很明白。此人拿信用卡买了两张一百二十二美元的地铁卡，所以我猜测他/她也不会丢下钱包里的现金不管。最令人懊恼的是，有两百美元是我出门前才放进去的，更别提许多张虽然没用但是总该留着的卡和证件：巴黎大学城居住证，航空公司、咖啡店、书店、艺术馆会员卡，以及许多丝毫想不起来但是或许也有纪念意义的卡片。

但是我不能这么想，“如果”这个词太危险了，有了它，我就将在完美人生和惨淡现实差出的几十里地上，时而欣喜若狂，时而痛哭流涕。

虽然我现在很想痛哭流涕一场，但是我得先给银行打电话。就像两天前我参加完政治系的毕业典礼后，有一个瞬间很想掉眼泪，却要振作士气与路过的同学合影。天气很好，一个快门的时间，太阳就把眼眶里的水晒干了。

我的反射弧多少比别人长一些。毕业典礼前一天早上，室友7点半醒来，躺在床上默默流泪半小时。我眼睛也红了，却是因为戴隐形眼镜格外不顺利，刺激到了眼睛。当天中午，拜登来做演讲。在讲过十五个学校内部的笑话后，他抬高嗓门，痛斥华盛顿的不作为，激励在座的每一个踌躇满志的年轻人去改变世界、对抗不公。我听到最动容的时分，再次几乎流下泪来，他却停止了陈词，开始品尝一个以他名字命名的香草冰淇淋。

两天后，我计划在离开伊萨卡的大巴上奋笔疾书，写一篇情深意切的告别献辞，却在车发动前就睡得不省人事。我平素尽己所能追求仪式感，这会儿却犯了难：到底怎样才是一个合乎内心与外在需要的告别仪式？究竟要在钟楼下见证几回日落，对着云彩挥舞几次衣袖，吃几次状元楼的招牌菜辣子鸡丁，才算真正得体地离开了伊萨卡？谁想到，我最后连句“再见”也没说，一睁眼，挡风玻璃外已是曼哈顿的天际线了。

其实在过去的四年里，我有无数个瞬间想要逃离脚下的村庄。伊萨卡的冬天太长，学生们的压力太大，可是花花世界太远，考试、作业又太近，一个人太容易觉得过不去了——都是些琐碎且浅薄的牢骚。虽说是牢骚，对我们这些脆弱的年轻人来说，似乎也和深渊别无二致。

我甚至在大三下学期真的逃去了巴黎。那个春天，我和伊萨卡的联系只有社交软件上传来的只字片语。我甚至觉得它贫乏无趣：作为一个大学，它位置太闭塞；作为一个山村，它又太躁动拥挤。

欧洲的夏天固然生机勃勃，却也让我多走了一学期的弯路：心血来潮去学设计，半年后又灰溜溜地转回来，遭到许多批评和白眼。固然我心血来潮，撞了南墙，总归要感谢那个“无论是谁，无论学什么”的校训为我的轻举妄动所提供的土壤。

现在的我仍旧难以心平气和。我可以赞美蓝天与白云，歌颂平等和自由，却永远无法以热诚的乐句来咏叹我的大学。在康奈尔度过的四年早就成了我的一部分，苦乐兼具，爱恨交织，再说不分明了。

2013年，我和二十名懵懂的华北新生共乘一辆租来的大巴从纽约进校，沿路欢歌笑语、无人入眠。车程的第四小时，我把鼻尖贴在玻璃上，看见窗外的绿树和山峦。阳光照亮它们，也照亮我的眼睛，我眯起眼笑了：原来我真的是在山村里上学。

然后我闭上眼睛，又笑出了声：我躺在钟楼下的山坡上，怀抱着书本和冰美式咖啡，大声朗读法语、日语、西班牙语与德语的文章和书籍，抬眼就能看到卡尤加湖；冬天，风雪擦过我的两颊，我怀抱着书本和热美式咖啡，热诚地上每一节课，勤奋地写每一篇论文，向教授提出一个又一个深刻的问题。

这就是十七岁的我梦想中的生活，但是二十一岁的我花了四年的时间把它搞砸了。

2014年，我搬到了山下的西校区宿舍，每天爬山上学。其间两次造访校医院，一次因为荨麻疹，一次因为爬坡导致的膝盖痛，得到两个身高体重的数据，一盒布洛芬和两张十块钱的账单。好在总体来说我身体康健，偶尔去健身房上尊巴课，总是精神抖擞地和朋友们坐在健身房旁的沙发上吃学校乳制品部门自产的酸奶和冰激凌。分别和两位朋友绝交一次，各花一个月和好。不再坚持学习英语文学，放弃了艺术史和表演，转向政治学，顺便辅修美术。

2015年，我搬到校外的大学镇，和五个同年级的女生同住。秋天，我选修了“国际关系导论”——这门课改变了我的人生轨迹，使学术研究这项从未出现在我展望中的可能性短暂地驻足在我眼前。我从未那样惊叹于一名教授的智慧和魅力，也从未那样觉得读博士是一个如此明智的选择。

人不该变得更有智识吗？金钱、地位、品牌、名誉同智识比起来是如此不堪——不堪一击，不堪一提。与此同时，我的情绪开始大起大落。在每周三的品酒课上喝下六杯酒，每次写三首诗；只在喝到甜酒的时候才听一会儿课，险些染上不喝酒就写不出文章的毛病；吃了一学期素，把对肉的热忱加倍地转移在了薯片上。美术课排不进课表，辅修的计划暂时搁置一旁。

大三的冬天我开始写公众号，从一名“那个在春晚表演凤凰传奇的”变成了“那个写公众号的”。我也变了，从那儿开始，我再也没吃过薯片，只是因为发了一条朋友圈，立誓毕业前不再吃薯片。于是我就真的再也没有吃过薯片，尽管从小学起我就是那样爱吃薯片。春天我在欧洲乐不思蜀，也不再爱喝甜酒，转而喜欢干红，越干越好，顺便还把自己对学术的热情忘了，一头扎进了设计里去。

2016年，我比以往任何时候都迷茫和脆弱，并且头一回知道，我的迷茫和脆弱会影响别人的心情。我一直以为阳关道上的人们只讨厌前仆后继的同道者，后来才晓得，他们觉得独木桥很碍眼，以至于我总是为给他人造成的困扰而伤神。同时，我没日没夜地诘问自己为何没主修比较文学和哲学。中学时代的我经常梦见自己在飞，大四的我梦里却全是尴尬、紧张和沮丧。

2017年，我毕业了。和几万人一起坐在日头下的体育场里，心里却只想着怎么在每个学院为自己欢呼的时候让文理学院的声音超过工程学院的。中午是政治系的毕业典礼，我和一百二十五名同学依次与教授们握手。我姓许，所以是倒数第四个，握完手的时候我恍惚间觉得学政治也没什么可后悔的。

二十分钟后我就在歌德文·史密斯楼前摔了腿——那栋楼是我的文化理想开始的地方，我的第一节英文课、法语课、哲学课、艺术史课教室都在那里。离开那儿的那个学期，我从人文走向了社科，失去了怀抱着书本做文科生的资格。再后来，我左腿的疼痛持续了几天，直到膝盖结了痂，就又丢了钱包，还把手弄破了，流了些血，疼得够呛。

严格意义上，从我坐着大巴缓缓驶离伊萨卡的那一刻，我就算真的离开了。可是我这几天实在是太倒霉了，以至于心怀怨怼，愁云惨淡，严重影响了反射机构的运作。简单来说，我不过是难以接受：自己已不再是一个大学生。

## 二

话已至此，我几乎把要说的都说光了，只剩下关于一节课的记忆，仍旧盘桓在胸中。这门课我谈不上喜欢，更不会向人推荐，却不得不把它老老实实地陈述出来：

2015年的9月到12月，我都在贝克实验室大楼的二层阶梯教室里上“国际关系导论”，每次都坐第一排。教室里总是人满为患，大家瞪大眼睛，努力举手发言，渴望记住教授的每一句话——包括笑话。每名学生都确信，正在上这门课的他们，可以迅速地认识世界、改变世界。

但是我要讲的不是这节课，是后一节课，同一个地点，只隔十五分钟的课间，一位古典学系教师讲授的“希腊神话”。十五分钟的时间，兴致蓬勃、情绪高涨的一群人陆续退场，把偌大的、可以容纳两百人的教室留给几十个面无表情的年轻男女——这些人，不是为了轻巧地得到一个好成绩，就是为了不费力地通过一门文科通识课，以满足学分要求。这门课俗称“水课”。

教授自己也知道这是门水课，因而明白地告诉学生们：“上课可以玩手机，不可以交头接耳；可以不出声音地打盹儿，不能戴帽子。”

前几节课，我很认真地听讲，便记住了他的样子。他的脑袋像一个梨子，高鼻梁上架着一副变色眼镜，眼睛就藏在那乌突突的镜片后面。时而语气不善，时而说漏嘴——或许是有意为之——他在古典学系并不招人待见，他的课并非正统，如果想学点儿什么，尽早走向别的课堂方为上策。

如今，我甚至有点儿想不起来他的名字。当然，若是非要用劲儿地想，或许还是能想起来的。不过《神谱》里九个缪斯的名字我已经忘得一干二净了，只记得卡吕普索——奥德修斯英雄旅途里的反派，除此之外没什么别的。

但是有一副画面在我的脑海里挥之不去：

每堂“希腊神话”前的课间，我都要去马路对面的咖啡厅买茶喝，每次回到贝克实验室的时候都是同样的光景——教授抱着双膝，坐在楼门口柱子间的高台上，像个乖小孩儿，乖驯又乖张，乖顺又乖戾。他已经把包和一个用来装匿名问题纸条的白色罐子放在了讲台上，然后他走出来，下一层楼，抱着双膝，坐在楼门的左侧，望着远方，像个怪小孩儿。

在康奈尔，他是个怪人；在康奈尔外头，不只是他，所有研究古典学的学者恐怕都是怪人——活在未来的人们正在掌控未来，活在过去的人们连当下都把握不住。怪人们不懂如何自如地使用电脑，研究基金和部门规模也都在不断地缩水，各大学更是争先恐后地、悄悄地盘算着裁掉人文学科，就像甩干衣服上的水分。

毕竟没什么价值，他们说，毕竟没什么用。

我想他们都没来过伊萨卡，所以才会那么肆无忌惮地想，才会那样偷偷摸摸地说。

他们不晓得，伊萨卡的名字是从古希腊借来的。那个真正的、在时间与空间上都那样遥远的伊萨卡，没有山峦与大雪，没有草坡与牢骚。那里的坏人一定会走向灭亡，正义一定会得到伸张。那是英雄旅途的起点和终点，是苦难里的温柔乡，是水手们呕心沥血与负隅顽抗时心中的目的地，直到心血与顽抗平息了风浪，直到奥德修斯回到了家乡。

可是荷马的伊萨卡也并非是真正的伊萨卡。在真正的、至今还未有人抵达的伊萨卡，教科书上闪闪发亮的名词和概念都不只是文字，它们像柴米油盐一样渗透进人们的生活里，于它们而言，现世思想家们的悲叹和痛斥都是科幻小说，是茶余饭后的独幕荒诞剧。在真正的伊萨卡，白昼安宁，黑夜光明，我在晴天阅读，在雨天写作，虽然没什么可写。

直到大学生活彻头彻尾地粉碎了我的理想。

一年半前我在《二十不立》里坦言：

“我不是奥德修斯，我的人生不会成为奥德赛，就连我的伊萨卡，也只是个冒牌的伊萨卡。”此后，我用了一年的时间消化这一句坦白。我可以向众人兜售我的痛苦、迷茫与自我贬低，却难以启齿我的理想，更不懂得如何讲述理想的破灭。

生活的荒谬迅速展开，我的局限昭然若揭。我曾觉得自己像飞鸟，像狮虎，像树懒，却从未觉得自己像螃蟹。可如今，我这只没了壳的螃蟹一直抱怨大学生活如何剥去了我的壳，却没能体谅它到底没把我吞拆入腹。象牙塔在消解了我对严肃世界的欲念后，几次三番地予我以打击，却又让我好好地活在了爱琴海的岸上。如今我又要启程，没有好舵与快船，亦全无奥德修斯的英勇，但我到底要走了，凭着几双横行的细脚。

伊萨卡是奥德修斯的家，却只是我生命的一站。我的奥德赛里，终点是别的名字，风浪是别的形态，渴望是别的语言，武器是别的歌声。奥德修斯旅程的终点是幸福生活的开始，而我的乌托邦，则在旅程的中途早已自我解构了。我将用余下的一生重温这个幻梦：痛苦而自由，动荡而平等，坎坷而热烈，伊萨卡等在旅途的终点。

我确信我的同学们都会过得很好，过得好总能再见；我确信我在世界的其他角落还能品尝到更美味的辣子鸡丁和部队锅，喝到需要排队更久的奶茶。我甚至不觉得我与母校的缘分就此终结了——康奈尔将像一个文身一样永远停留在我那个被黑檐白穗的学士帽勒过的脑门儿上。但是伊萨卡，我大概是真的离开它了。

# 4 北　京

有时我闭上眼睛，看见森林，看见海洋，看见山尖的雾霭，看见五岁的自己在沙发上一蹦一蹦；有时我闭上眼睛，只能看到扭曲的形状、糟烂的颜色，黑洞洞的花花世界在眼皮与瞳孔之间翻来覆去，让我惶恐，让我在夜里瞪大眼睛，不肯进入未知的梦乡。

这不是坏事，说明我终于肯长大了，我终于决定承认并拥抱我的痛苦。它夜以继日地将我蚕食鲸吞，又夜以继日地将我洗涤干净，送我上岸。

我终于昂首挺胸地面对一个避无可避的事实：当我决定成为一个表达者的那一刻起，我就犯下了不可饶恕的错。

# 我妈

## 一

1995年的秋天，我妈生了我。

即便从那时起我便不是个容易相与的小孩儿，她仍未曾考虑剖腹产这个选项，而是花掉二十二小时，流掉能装满两个矿泉水瓶的血，把我送到了这个世界上。那时我哭声嘹亮，在医院走廊的另一头便可听见，个性远不像现在这般软弱与委顿。

1997年左右，我妈抱我下楼梯，一脚踩空从楼梯上滚了下去，摔得很惨，我倒是毫发无伤。而我屡次在飞机的地上打滚儿哭闹，倒霉的却是她。因为她面皮薄，遇上刻薄的乘客，只消人家阴阳怪气地说上几句，就会哭起来。

从1998年起，或许更早，我妈开始在睡前为我读书，这个习惯一直持续到我十一岁那年。我依稀记得书目中有泰戈尔，有《红楼梦》，有三毛和林徽因，还有狄更斯和简·奥斯汀。如今回想起来，我少时喜爱读书、擅长语文，大概是得益于此。

与此同时，她坚决地替我拒绝了同事和亲戚递来的每一颗糖，以至于我不知糖为何物。直到我进了幼儿园，她才鞭长莫及，我才开始认识这个花花世界：有糖果、冰棍儿、果汁和饼干。

2001年，我妈送我上小学。因为怕我丢钥匙，便每日亲自接送。2001年是无忧无虑的一年，那时的我勤奋而懵懂，在班里认最多的字，说最漂亮的话，就连手背后静坐也可以坐最长的时间而一动不动。不但不知愁滋味，还初尝了被班主任偏爱的滋味。这场偏爱连续了四年，直到老师退休。

2002年，我妈从一个朋友处听说了“小升初”“奥数”，以及全北京乃至全国最好的中学。从那年起，她开始接送我上奥数课。若是我不会做，她便自己做出再教我。三年级时那所中学自办的数学班开始招人，我凭着点儿小聪明，倒也考进了。可是我不肯吃苦、遇难则下的品性开始露出端倪，因为我从不认真听课、从不钻研不会的题。

接下来的四年里，我们都处于长久的煎熬中。在课外学习最紧张的时候，我一周七天几乎天天都有课，需要兼顾奥数、钢琴与英语。她发现我的同学们有的听英语听坏了四台收音机，有的每节数学课都录音用于回家温习，有的则每天老老实实练琴一小时。而我在一节又一节的数学课上神游四海；左手捧着闲书，右手弹旋律来应付钢琴练习；英语磁带均没拆封过。

一节京城名师讲授的奥数课，她还是托了关系才把我送进去，为此还得肩负起收钱的事务。这位老师每节课都会随堂测验，当场判卷并公布成绩。我向来考得差，偶尔考得好了，还被同学怀疑是抄的。可是我生气也不敢跟我妈讲，怕她难过。说来也奇怪，所有分数高的学生的家长（这堂课要求家长陪听并记笔记）总有种高人一等的架势。我只希望那时我能多体谅一下我妈，她工作极忙，下班要负责接送我、给我买饭、陪同听课，还要每天坐在教室后面听着老师念出她女儿不尽如人意的分数，多么凄惨。

好在我平日掉链子，只在节骨眼上争气。六年级的时候我分别拿到了作文和奥数的全国一等奖，公共英语考过了三级，评上了市级三好，又在仁华学校的大考里撞上好运，进入初中部第一批面试，如愿以偿地进入了北京最好的中学。

我从来未曾询问过，但我猜接到电话录取通知的那一天，是我妈生下我以来最顺心的一天。至于我，倒是再也没有那么春风得意过。

1995年以前，我妈的人生有很多难处和苦楚，但是她有着超乎常人的毅力和耐心，因而这个世界上没有什么能难倒她。

高考前夕，她的脚被路上的一个钉子划破，伤口感染，发起高烧。即使如此，她仍然考进一所优秀的大学里优秀的建筑系，成了全家人的骄傲。我不敢想象这件事发生在我身上会如何，因为考试前一晚是我最宝贵的复习时间，如果我发了烧，抱不了佛脚，在考场上一定什么都不会。

上大学后，她没钱买衣服，冬天总穿一件毛衣，以至于有同学总是热情地问她为什么只穿一件毛衣。我以为那时的大学生都是人中龙凤，不会提出答案如此显而易见的问题，但是林子到底大，天南的龙和海北的凤也不是一般性子。

读研究生时，她有了一些工资，还是不买衣服，买了一箱又一箱的书。大部分的书都在一次搬家中遗失了，如今剩下一部分，在我家书房墙角那个书柜上落灰。我没事儿翻翻，看看她在扉页的签名和书上的批注。一次翻出一个笔记本，里面全是她抄写的文章——不是摘抄，而是把文章完整地抄下来。

她总是喜欢旧事重提，向我炫耀大学时期的自己：每年寒假只在家待一天，大年三十晚上在家住一晚，初一早上在家吃一顿饭，下午就带上一袋主食和一罐她大姐腌的咸菜返校，去图书馆看书。因而她一直不明白，我有如此多的资源和时间，却不思进取，不想着读书，却天天和同学串门儿——她一直觉得我和同学闲扯太多，太浪费时间和精力。其实打心眼儿里，我大约是同意她的。

她那出厂配置并不出色的人生，经过她的耕耘，倒也一分努力，一分收获。她也过上了顺遂如意的生活——直到她生了我。

## 二

我一直想，如果她的生活里没有我，如果我不是我，而是一个乖巧而上进的小孩儿，她会不会比现在快乐一些。

对于我妈，我是一道使她百思不得其解的题目；于我反之亦然。我大概理解她，毕竟她在过去的二十年间，将心力全部倾注在养育我这件艰难的事上，渴求回报当然是应该的。可惜我不是每时每刻都这般善解人意，我经常感到厌烦。

自打我去美国上大学后，我妈要了我朋友们的手机号，若是找不见我，便给他们发短信询问。她以为我出事了，但其实我不是手机没电没钱，就是在宿舍里睡觉。最大张旗鼓的一次甚至闹到年级的微信群里，我实在是气不过，但又不好意思挑明自己糟糕的作息时间，只得作罢。

跟这个世间其他一万个妈妈一样，我上中学时，我妈不许我把心思放在风花雪月的事情上，中学一毕业，又希望我的身边凭空出现一个男朋友。我不理解她为何对我身边每一个男同学都大加赞赏，似乎每一位适龄男性与我搭配都是我的运气——她当然不是这么想的，可是每每我不耐烦时，都认为她这么想。

我和我妈实在吵了太多架，互相说了太多难听的话。她说我没良心，要拿养我的钱去扶助山村的贫困学生；我说她没水平，让她尽管去扶助贫困学生，让她去养别人家的孩子——都是些她常常拿来作为正面例子与我进行比较的名字。可是无论如何，她从来没断绝我的经济来源，我也还是在大街上挽着她的胳膊，向她讲别人家孩子生活里好笑的事。

昨天早上9点，她从大陆的另一头打电话来催我起床，两通电话过后，便要求和我视频。我手机没连无线网，就把视频挂断，一下子惹恼了她。最后她发短信来讽刺我，感谢我送给她这样一份母亲节礼物。

我前一天凌晨5点半才睡下，半梦半醒间读到这样一条消息，气得大哭。原本我早就打算在母亲节之时为她写上一篇美丽而深情的文章，向她表白我的爱。这样一来，只剩下了伤心和气恼。但是母亲节还是在我的伤心和气恼中如期到来了，我没能写出什么荡气回肠的鸿篇巨制，只能不伦不类地有一说一。

这不能怨我。

即便她以为我应是知恩图报的金凤凰，我以为她应是天下最伟大的圣母玛利亚，事实上，我面前的她，和她面前的我，不过是一对平凡世间的平凡母女而已。

# 黄庄一中往事

## 一

不知从何年何月起，黄庄第一中学的学生们开始在京城上演一部滑稽的剧目，使得行人纷纷侧目，停下脚步，歪起脑袋做观众。演员们高低胖瘦各有不同，却很好辨认：在海淀南路上的每一家麦当劳里，在中关村大街上奔驰的每一辆公交车里，甚至在另一个时空里——跨越海洋、日月与半天的光阴——北美洲东西两岸知名大学的食堂中，总会出现红白色的身影。观众们说，这所学校的学生在世界的每一个角落、昼夜的每一个瞬息都身穿校服。观众们还说，他们为了不脱下这一身校服，几乎不怎么洗澡。

公允地讲，那件校服谈不上好看，而且不太一视同仁。由于颜色太洁白，便将黑皮肤的学生们的皮肤衬得更黑。腋下、二头肌肉上方，大腿外侧及背后几个大字又红彤彤的，像是在壮烈地昭告着什么。当然，高昂的志气背后总有心酸的故事：若是在操场的草地上打个滚儿，或者雨天走在爱踢脚的顽童前头，白花花的前襟和裤腿儿便斑驳地如同斑点狗的斑点，实在叫洗衣机旁的家长们为难。

观众们不怎么为难，他们在一旁乐得打战。不打战的时候有人抬头看看红白衣服顶上的可怖脸谱，顿觉五味杂陈：不解、不忿、嘲弄、冷眼、懵懂皆有之。也不知是怎么回事，自打剧目上演，演员们的五官面目都模糊了许多。但凡年轻人想到黄庄第一中学，想到前仆后继的红白身影，总是先要脱口而出几个不甚悦耳的形容词：争强好胜，目空一切，不懂为人处世，缺乏人文关怀，德育和美育都赶不上智力的脚步，偏偏还要站在世界中央，不肯让开。

听起来挺糟的，以至于我时常回想，我在剧场里度过的那六年，究竟念过怎样的对白，出演了怎样的情节。

我回忆得十分认真——离开黄庄四年，我早已忘了校服在身上荡悠悠的滋味，或许算得上一名客观的旁观者。

我想了又想，想了又想，只想到了食堂的打卤面。

打卤面在食堂一层，有三个浇头：西红柿鸡蛋、麻辣土豆丁、木耳黄花菜。其实可能有六个也说不定，但是我常吃这三种，便记不起别的什么。初一三块钱一碗，高一涨到了四块钱，仔细一算也是七年前的事儿了。如今什么价钱、什么口味，一概不知。

其实比起打卤面，更受欢迎的是隔壁窗口的盖饭。我从初一起就时不时买红烧茄子和西红柿鸡蛋的双拼，经常吃不了——就算吃的了也不能承认。大多数时候我混在二层小份菜窗口的队伍里，买一两个小份素菜，要半份饭，还要剩下一点儿，显得自己很有格调，就好像从来没在课间操溜到食堂买炸鸡似的。我几乎忘了炸鸡这码事儿，但是老同学们都提醒我，没有谁不在课间操的时候买炸鸡，因为那会儿买到的是刚炸出来的，到中午就不好吃了。

初三那一年，总有几个身手矫健的、爱吃盖饭的英语实验班男生，在下课铃声响起的那一刹那以百米冲刺的速度奔向楼门两百米外的食堂。等大家陆陆续续、三三两两、风尘仆仆、饥肠辘辘地掀起食堂门口的塑胶门帘时，那几位桌上的盖饭已经只剩下一半，又红又黄，甚是好看。

吃得可真快，我总是想，跑得也真快。

五六年后，我同这几位男生中的一位成了好朋友，间或提起此事时，他却从来都拒不承认自己曾跑着去食堂吃午饭。

这么久远的事情，我俩总有一个人记错了。

其实高中的后两年我没再吃过学校的食堂了，一是嫌那儿的饭菜太油，二是吃了四年，总归有点儿腻了，更何况马路对面就有两家购物中心——无穷无尽的商务快餐任人挑选。那时我没预料到，自从我开始在美国东北读大学，就没停止过对于一中食堂的想念，通常是在夜半时分，即北京时间的中午。虽然我学校的十几座食堂在全美排名第三，但我还是向来自天南海北的同学们不止一次地吹嘘与感慨：

“我多想用咱们学校的所有食堂换一座黄庄一中的食堂。”

同学们格外地捧场：“真的吗？你们学校食堂有那么好？”

我顺势精神抖擞地开始讲演：“我们食堂有三层楼，只有你想不到的，没有你吃不到的。兰州拉面、小笼包、大包子、烧卖、饺子、火锅、炸鸡、麻辣烫、砂锅炖菜、肉酱面、咖喱饭、小炒、大锅饭、打卤面、盖饭、小份菜，冬天是有一点儿蛋花儿的蛋花汤，夏天有没什么绿豆的绿豆汤，都是一毛钱一碗。”

同学们友善地答道：“听起来真不错，不愧是黄庄一中，我们学校的食堂可难吃了。”

我脸上露出关怀的表情，嘴角掩藏不住得意的笑容，肚子里吞进一句骄傲的反问：“一中什么不好？”

一中的确好，从校园环境、教学设备到师资力量，俱是一流的水准。但是真正使这所中学的学生们扬扬得意的，却是生源质量，也就是他们自己。

一中收学生，要的无非是好学生。学生好，无非好在三处：学习好，特长好，家里好——全国拔尖的好。当然还有第四种人：子弟生，即一中及一中附属大学教职工的小孩儿。这一群学生因为几乎毫无“小升初”选拔的压力而拥有了一个快乐又轻松的童年，故而心智格外健康，不乏活泼开朗、智慧善良、妙趣横生的人物。总之便是各有各的好，于是谁都有自己的一方天地——要我说，这所中学的好处在这儿。不像到了大学，林子大了，鸟儿却同时开始唱同一首曲目，只能比谁嗓门儿大。其实羽毛颜色鲜亮的、翅膀孔武有力的也都是好鸟儿，却泯然众生，只能小声唱酸不溜丢的歌谣。

当然，以上的种种只是我时常向外人宣扬的理论。外人不在的时候，我就说给校友们听，以供大家自娱自乐。外人和自己人都不在的时候，我的心又老实起来：也不是什么都好。

每天放学后的统练就不怎么好。如果没记错的话，我小时从没听说市里哪个中学的考试有黄庄一中那样频繁。

## 二

2007年9月，进校的第一次数学统练我考了九十二分，二十分的附加题只做对了四分。同桌考了一百，附加题只扣了两分，故而在座位上快乐地挥舞卷子，大声地询问前后左右的成绩。我羞于启齿，默默垂泪。第二天，我遇见一名十四班——第一实验班——的女生，提起这次考试，她安慰我说她也考得很差，也没考满分。第三天我才得知，她的分数和我的同桌一样，而十四班的“没考满”，指的是附加分没都加上。

后来我逐渐发现，谦虚才是黄庄一中的行为准则：统练前，绝口不提自己的复习情况，要说“没准备”，以免给其他人施加压力；统练后，绝不炫耀自己的分数，要说“没考好”，来照顾其他同学的心理感受。例如全年级最谦虚的男生成绩出众，却从不扬扬自得。一次，他的同学问他数学统练的成绩，他照例说“考得不好”，同学却一再追问，他只得告知对方自己考了满分，一时间传为佳话。可惜许多人只向他学来一些皮毛，总是急不可耐地把“考得不好”“才考了九十八分”，以及“那两分本来可以不扣的”一股脑儿丢出来，往往听起来事倍功半。

我倒是学来了这一套语气的精髓，却难得派上用场。因为我总是真的没复习，也真的没考好。但这不是我讨厌统练的原因。更重要的是，我乘公交车下学，没有统练的话下午4点10分就放学了，车上全是空座位，还能挑拣一番。若是有统练，再等我去游泳馆的小卖部买好零食，就赶上了晚高峰，只得被人群与汗水的气味裹挟着，小心翼翼地看顾着手里的“绿舌头”冰棍儿，以免它碰到其他乘客的肩膀。

好在上天为你关上一扇窗时，总还会留个门儿：我把数学统练后痛哭的故事写进了语文统练里，得到了一类文。从那之后，我的每一篇作文几乎都离不开基于此事的改写与夸张：我失败了，以泪洗面，擦干泪水，奋力振作，从此找寻到了人生的意义。此外，还要在开头摆出一排比喻，把时光胡乱比作琥珀、相簿、溪流、河流、洋流，感慨一二；结尾则极度缺乏多样性，每次都要使用“小宇宙”这个词语来进行升华，以至于年级范文里总有一句“我那熊熊燃烧的小宇宙”。

往事不堪回首。

不过虽然我凭借“小宇宙”文学常常入选范文册，却没能通过年级“小作家协会”的甄选。第二次扩招，一个人都不筛，我才勉强挤进去。我们自称“小做鞋”，假期前往各地采风——其实就是白天游玩，晚上在宾馆写作文。我跟随“做鞋”的队伍去了天津、丽江，以及明尼苏达，大部分经历都忘在脑后了。唯记得天津那一回，一名十四班的女生在作文里写了“哀哉乾隆”。我那时初一，只知道吃狗不理包子和购买十八街麻花，她却在悲叹“哀哉乾隆”。

从那一刻起，她成了我在全年级最仰慕的学生——努力学习、勤恳深刻、和蔼真诚、眼睛乌溜溜地转——只是她自己不知道；同时，她也免不了成为我妈口中“别人家的小孩儿”。我妈提起其他人的时候我常常气得翻白眼，唯有她的名字出现的时候，我恨不得加入赞美的行列：怎么有这么完美的人存在？

我是她的反义词，并且一度以为我们唯一的共同点就是真诚实在、单纯善良，直到我读了《论语》。孔子说：“巧言令色，鲜矣仁。”以至于我对自己的人性产生了深深的怀疑。我如此啰唆，花言巧语如此多，看来不是个好人。

算了，孔子说我不真诚，那我就不真诚吧。

其实我是靠着奥数考上了黄庄一中初中部，却没想到数学也成了我中学期间最不灵的科目。但到了初三，课程表上凭空出现一项比数学统练更令人头疼的项目，即体育统练。六百个人窝在四百米跑道内的草坪上随着老师的号令动手动脚，至少有三百个人脑袋里都琢磨着如何偷工减料。我毕生的体育天分都在水里，如果是条鱼还挺好的。可若是上了岸，也跟条鱼没啥两样：跑不快，跳不远，抛实心球技术令人发指到有砸到自己的可能——大概是老师讲解要领的时候我一直在看普通班的美女们。

可是我体育中考却考了满分。谁叫我有毅力呢？八百米什么也不靠，就靠咬着牙一通跑。况且体育中考那天，我们班的班长——全年级四百米跑得最快的女生——手里握着一只秒表，冒着秒表中途失灵的风险，卡着三分二十九秒的满分线奔跑。如此一来，只要跑在她前面，满分就手到擒来，这是多么无私无畏的精神！我很感动，以至于后悔自己曾在初一时和别班女生在小纸条儿上写她的坏话。当然我也后悔把那张纸条儿忘在了班里别人的座位上，说不清哪个更后悔一点儿。

讲老实话，我觉得我初中的绝大部分故事都不堪回首。如果能重来一次，我一定少在班里大笑大闹，少喜欢几个男生，少买点儿八喜，少传点儿八卦，好好学数学，少在百度空间和作文稿纸上写些把自己后槽牙酸倒的句子。

自然，也可能是青春无敌：十几岁，牙口好，多酸都不怕，甚至还觉得甜。

然而我还远远算不上荒唐。黄庄一中的花坛里，不知埋藏了多少痴情的种子。我有个同学，为了看隔壁班喜欢的女生，每次倒垃圾都会逆行，绕过回型楼的一整圈，只为路过时张望一眼。

更别提从初一单相思到初三的，从初一单相思到大一的，谈了恋爱还深爱着别人的，谈了恋爱还被十余人深爱着的，谈了恋爱还与二十人进行友好互动的，失了恋荒废课业的，失了恋立刻投入新恋情的，失了恋在“7–11”喝下一整瓶二锅头而醉卧马路中央的，大有人在。

我想，对于黄庄一中的初中生们而言，“前程”二字几乎只是一个甜美而遥远的幻象。除了中考之外，唯有初开的情窦是重要的。

## 三

高中生活多少与初中生活有些不同。学生们虽然坐在一个屋檐下，精神和意志却都奔向了四面八方。有人要出国，有人要考清华，有人要考北大，有人要组织学生活动，有人要打竞赛，有人要创业，有人要爱情，有人要朋友，有人什么都不要。

大家所求不同，相聚时自然涣散了许多。好在高二下学期有两大盛事把学生们凑在了一起：集体舞和电影节。只不过前一件是学校与年级组的大事，后一件则完完全全是学生自己的。每个班级在寒假自筹资金、自编自导、自演自剪一部一小时左右的电影，在春季学期过半时公映、卖盘、走红毯、参加颁奖典礼。

高二那年，我和班里一个女生一同为了电影节减肥，每天中午只吃一个西红柿，晚上喝一瓶酸奶，减掉几斤肌肉、脂肪与水，在电影节当晚花了一顿饭的时间全部反弹回来。我的女同学比我有毅力，每天吃完午饭后要靠着教室后面的墙壁踮脚十五分钟——这是她在前校园电视台台长的人人日志上学来的瘦小腿经验。她那时很两难，毕竟不踮脚尖瘦不了小腿，踮脚尖又很毁她的时尚板儿鞋。与此同时，她是外联部部长，要操心电影节的工作，还因为电视台试图与外联部共同冠名电影节而生了不少闷气。

不过对于学生会以外的学生们，电影节却并不囊括如此多涌动的暗流。对于剧组成员来说，闭幕式的红地毯环节大概是每个人一年中最意气风发的一刻：女生们终于名正言顺地解开马尾辫，中午去学校附近的发廊吹一个造型，穿上露胳膊的礼服，蹬着十厘米高的高跟鞋，袅袅婷婷；男生们则西装革履，把胳膊借给比自己还高的女伴们，一起走过长长的平时被放在食堂角落的红地毯，攀爬至食堂顶层的礼堂。

几年后我偶然看到几张当年各个剧组走在红地毯上的照片，才发觉大家不是特别会化妆，也不是特别会挑裙子，却笑得灿烂极了。我很久没见过那样灿烂的笑容，也很久没见过那么多蝴蝶结和蕾丝花边儿了，不由觉得恍如隔世。

不过有个景象我倒仍觉得历久弥新。一次我经过初中楼，发现低年级的学妹们正排着队和初中楼门口电影海报上的美女学姐合影。海报上的女生与我初中同班，天生丽质，即便他们班的海报只用美图秀秀简单加个滤镜，也能让人移不开目光。

其实一直以来都如此，哪班的女主角漂亮，哪班的电影就最卖座。谁还不是视觉动物？除了我们那一届，最佳影片却是以高超的摄影胜出。高超到什么地步？剧组嫌弃阶梯教室的屏幕太差，把黑板拆了，装了个真正的银幕。据说被学校骂了一顿，结果还是拿到了最佳影片。

电影节的落幕，事实上意味着一个更肃穆的结束。在那之前，大家为了许多原因一起做一件事：或许是理想，或许是艺术，有人为了集体，有人为了好玩儿，有人为了应付，有人为了消磨时间。从那之后，直到中学生活的结束，黄庄一中的每名高三学生无论怎样，都再不为了别的，只为自己。

却也没什么稀奇。

高三的6月我难过了很是一会儿，倒不是因为黄庄一中几年来头一次丢了状元，而是因为听说有好几个同学考了六百九十分——那一年清华在北京的理科分数线是六百九十一分。

大家都笑话北京人高考容易，大抵也没见到北京学生的难处：考前报志愿，并且没有平行志愿（我们那年至少是这样）。若是离分数线差一分，也没有稍低一点儿的学校接着，直接会落到一百分以后。大家还笑话一中的学生非清华北大不报，虽然是玩笑，却也多半是真的。

一位我喜欢的女孩也考了六百九十分，从而掉了档。她漂亮温柔，学习很好，待人更是我没见过的好。在她之前，在她之后，在小学，在大学，我都没见过那么恬静善良、替人着想的女孩。她第二年重考，考得很好，我心里高兴极了，虽然也没告诉她——也不知怎么的，我跟大部分中学同学都断了联系。

与此同时，我自己也释怀了许多。若是罔顾机遇、运气和偶然性，天天年年对于功过得失锱铢必较，那怕是要活得太辛苦了——黄庄一中没教给我的，一场我没参加的考试却使我明白了一丁点儿。

中学六年我待过三个班级，最想念的却是高一的时候，虽然那时候我得学理化生，即便我其实也没怎么学。我想念的是那一年的晚自习。

我高一在英语班，本校生不算特别多，有不少其他区县的状元和榜眼。或许由于我巧言令色的缘故，我就喜欢不巧言令色的人。外区县的学生必须住学校，因此晚自习其实是为了他们设立的，也就是说，我本不该逗留的。可我还是在每个傍晚与点名的老师斗智斗勇，并且在成功逗留后哄骗我前桌的女生陪我下楼，穿过操场，到宿舍楼的小卖部买零食。我愉快地吃着饼干，敞开心扉——我这人太爱敞开心扉，有点儿蠢，但我前桌的女生总是包容我的蠢。只有在高一班里的晚自习中我能当个捣蛋鬼，别的时候我不能当捣蛋鬼，得注意个人形象。

晚上7点半的黄庄一中，适合谈情说爱，也适合没有目的地在操场上乱走。红墙绿树都成了暗夜里的暗影，夜风习习，吹走作业，吹走烦恼，把我手中烤肠儿的香气送去远方。

只有在那时，我才偶尔想起，黄庄一中的校园对于三年级的我而言，曾是一个多么绮丽的梦。小学三年级我考进了一中数学招生的人才库，从一个名字奇怪的小学走进这里，背着小书包，牵着妈妈的手。

“妈妈，”我说，“一中好美、好大，有羽毛球场，有篮球场，还有四百米跑道的操场。这儿可真的太好了，我要考上这里。”

那是十四年前。

十年前，我如愿考上了一中。

那时的我一点儿也不白，却丝毫不在意白校服套在黑皮肤的学生身上是否美观。

说真的，又有哪一名黄庄一中的新生不喜欢穿校服？

初一，才穿上校服的那几周，走在街上，我由衷地觉得幸福。背后那四个红彤彤的大字，那么光辉灿烂、生机勃勃，像操场跑道，像抽屉里的话梅片儿，比我成年后拥有的每一只口红都更能掩饰我的不安。

四年前，我在海淀黄庄南的最后一场戏谢幕。我脱掉校服——永远地。

此后，我常常不安，和中学时代的自己判若两人。自从故事成了往事，回忆常常不请自来，倒也由不得我。

# 仲夏日之梦

## 一

今天，我搬起共享单车砸了自己的脚。

于是我锁上了刚开锁的车，去路边招手。车砸到了右脚踝凸出来的骨头，劲儿挺大，我不由得担心自己要得破伤风。晚上，正当我在酒店大堂里摆开阵仗，操着一支汹涌澎湃的黑色签字笔在行距五毫米的横格间胡写时，蚊子咬了我左脚的脚踝。

这样，我左脚痒，右脚痛。我可得抓紧这个时间多写几句。这样，再有人说我的东西不痛不痒的时候，我可不能苟同了。

偏偏，在我又痒又痛的时候，又没什么可写。

厦门很热，几乎要将我晒干。我就像一条裹着海盐颗粒的鱼干一样埋在被日头烤得滚烫的沙子中，以至于无法全心全意地欣赏厦门大学。或许因为我刚从学校里跑出来，难以怀抱着朝圣的心态，只觉得游客满盈、人声鼎沸、嘈杂聒噪。

大家都是一口锅里的粥，一起在炙烤中升华，一起逃进一公里长的芙蓉隧道——夏天最受欢迎的镇校景点，因为凉爽。

算上为孩子拍照的家长，隧道里每一个人都比我年轻，穿着年轻，神态年轻，心情年轻。大家为两侧的学生壁画欢呼着，遇上那种画着星空与天灯的，都要小心翼翼地打开手机电筒，并优雅地与之合影。我没法参与这项声势浩大的活动，因为我的相机镜头被冻得迷迷糊糊，照不了相。我一边觉得隧道太长，走起来很累，一边觉得就这么走下去也挺好，因为外面实在太热了。

可惜隧道只许出不许进，出了隧道便会离开校园，返回则要再行走一公里。我权衡再三，便头也不回地离开了厦门大学，前往曾厝垵。

曾厝垵很拥挤，油烟和液氮冰激凌的气味轮流在我鼻腔中游弋，苍蝇在巨大的芒果果肉上灵动地跳跃，鱼蛋在浓稠的咖喱里迟缓地翻滚，海边的岩石上有使用过的纸尿裤。

我买了一碗沙茶面，老板问我吃海鲜不，我不知如何回答，她就已经把海鲜面的材料下锅了。其实我更爱吃肉，虽然海鲜沙茶面比猪肉沙茶面贵五块钱。老板好心地告诉我，这一碗在外面要卖五十块，还叮嘱我要把汤都喝掉，不要浪费。离开曾厝垵的时候我鬼使神差地购买了烤鸭卷，里面的甜面酱甜得无法无天，于是我把烤鸭卷晾在一边，愤怒地喝光了沙茶面的汤，只剩下三个娇小的虾头。

几小时后，我喝着味道寡淡的大吉岭，嚼着酥皮和奶油堆成的糕点，听着驻唱歌手微弱的波萨诺瓦歌声，忍不住想亮亮嗓子。但是我没有舞台，只能一边端坐，一边偶尔弯下腰驱赶脚边的蚊子。

直到手机没电了。

我悲哀地意识到，我离不开手机也离不开网络。我的左手已经摆脱不了一个掌心向上托举的姿态，我的右手食指已经习惯了划——划——划——划。有时——通常是第十五分钟左右——我就会进入一个超我的境界：我的手指在划，我的灵魂俯瞰着它。

真是一个动物，我的灵魂说。

不划手机的时候灵魂回归身体，我不过是个虚伪的人。

小朋友们跑来跑去，小朋友们窜来窜去，小朋友们在桌子间绕来绕去，小朋友们大呼小叫，小朋友们唱起甜蜜的歌谣。

“咣当”一声，一个小朋友与一盏与他一边高的立式灯饰一同倒地，妈妈跑过来，酒店工作人员跑过来，众人抬起头，寻找这声巨响的来源。

工作人员操着南方腔：最（这）个四（是）要赔偿的。

妈妈抱起她的孩子开始论述这盏玻璃灯所带来的安全隐患，孩子在妈妈孔武有力的臂弯里咿咿呀呀叫着，孩子的姐姐玩伴哈哈哈哈笑着，工作人员掏出手机，又打电话，又拍照记录现场，我把盘子里的酥皮“哐哐哐哐”敲碎，一边草草观察，一边仔细记录。

妈妈说，你们这个灯存在安全隐患。

经理说，我们这个灯摆在这里二十年没有倒过。

妈妈说，我们孩子在这儿摔了一跤，你去调监控啊，看看我们孩子是不是在这里摔了一跤。

妈妈又说，你们第一时间不过来问问我的孩子怎么样，走过来就是要赔偿，我的孩子没摔坏，是你们的运气好。要是我的孩子被玻璃扎到，你们老板就该过来对我赔好话了。

妈妈还说，你们这个灯就是存在安全隐患。

经理说，我们这个灯摆在这里二十年没有倒过。

最后一句是我加的，因为我不记得经理又说了什么，这样就显得这场对话很不平衡、很不工整，所以我就替经理加上了这一句话，希望他不要介意。

最后的最后，妈妈停止了高亢嘹亮、正义凛然的抗争，坐在前台填赔偿单。第二天，那盏缺了半面的玻璃灯饰不见了，好在它的同伴们依旧端庄地立在硝烟散去的大理石台面上，仿佛它从未来过一样。

## 二

一周前我的左手大拇指指弯被割伤了，流了一点儿血，殷红殷红的。

原因有些曲折：我在家里偷吃巧克力，之后想把糖纸藏在垃圾桶里，却忘了前一天晚上犯困时失手打碎的玻璃茶壶，也忘了玻璃碎片就横亘在几张废纸的下方，就慷慨地迎了上去。比这还蠢的，就只有八年前，十三岁的夏天，戴上牙套的第二天，我大嚼特嚼前一天进门的天津十八街麻花，把钢丝崩断了。

麻花之于天津，大约相当于海蛎煎之于厦门。但是这回在厦门我没吃着海蛎，更精准地说，我没有主动去吃海蛎。几个月前，我捧着电脑躺在床上，看到一则报道，讲的是最平价的纸盒装椰子水品牌的纸盒装椰子水底部有不明物体。

它像是流光溢彩的去壳的青口，一团一团，柔软而富有弹性。我觉得恶心极了，即便这种光芒也时常出现在阳光下的冰美式的表面。我爱冰美式。

从那以后，我就没吃过青口、海蛎与蛏子。其实我爱吃青口，还曾经误将《我的叔叔于勒》中的牡蛎当作青口，因为牡蛎的中文发音与青口的法语发音很像。青口是比利时特产，却是我们在巴黎交换时的最爱，便宜、量足、饱腹感强。三四个人对坐，把薯条和面包丢进兑了白葡萄酒的奶油酱汁里，比谁最快地把青口从壳里剔出来。时而吃到沙子，时而忘记了泡在汤汁里的淀粉，直到它们变成一摊软烂咸香的、可食用的白色泥浆。

从厦门回来后，一位深圳朋友请客吃莆田菜，点了海蛎煎。我运气和筷术俱糟烂透顶，每次夹上来一片蛋饼，翻来覆去捣碎了，也只有葱花，不见海蛎。那天我迟到很久，在我到之前不知谁点了一小碗佛跳墙，请客的朋友只分到一朵巨大的蘑菇，我对他表达了深切的同情。三个月前，我走在学校里向他热情地打招呼，走在一旁的朋友惊奇地询问我为何格外热情。我说，他是我们的明星学弟，演过林心如的儿子。朋友咂咂嘴，断言我的热情全部出于他演过林心如儿子的缘故。

许昂，我的朋友说，如果他没演过林心如的儿子，我打包票你不会这么热情地问候他。

我不服气，也只能作罢。就像我在蛋饼里挑不出海蛎，就像薯条融化在我的青口汤汁里，就像椰子水纸盒的底部长出花团锦簇的不明物体，就像小朋友和玻璃灯一同摔倒，就像我即便付出手被划伤的代价，也没能守住我偷吃巧克力的秘密，就像我向七八个朋友允诺了写一写他们、画一画他们，却全都食言了。

我总是想和谁理论理论，却不知该和谁理论理论。

其实在我开始敲打这篇文章的时候，我左脚踝上的蚊子包已经默默地隐匿了自己的踪迹，我右脚踝又添了一些新鲜伤疤，不痒也不痛。我时不时翻着《安娜·卡列尼娜》，向托尔斯泰学习如何写人。我的不满被迅速溜走的时间一劈两半儿，一半儿吞下去，一半儿吐出来——如果你把一条被晒伤的鱼丢进海里，起初的几年，它大概也只能吐出一半儿的泡泡。

# 光华有个雷波顿

## 一

雷波顿不姓雷，但是管他呢，要紧的是，六年前的某一个四月天，高一下半学期的期中考试刚一结束，他便摸去老师办公室提前查看自己的分数。

数学是九十五分，而全班有八个人考了九十六分以上。

在此之前，我们首先要明确：六年前，雷波顿即使在人大附中也是成绩非常好的男生。他从不偏科，身材颀长，把每一份试卷都分门别类收好，直到六年后的今天它们仍旧规矩地躺在数个洁净的文件夹里。他从不服输，因而总是向每次大考的年级第一看齐，直到六年后的今天他仍能数出这些人的名字，偶尔记错一个。

有时我不由得担心，我不爱学习，他会不会看不起我呢？

于是我问雷波顿："像我这样不爱学习的人，你会不会看不起我呢？"

他犹豫许久，答道："无论如何，你都是我的好朋友。"

我说："你应该学一学什么是白色的谎言，这样就不会伤害我的感情。光华没教会你什么是白色的谎言吗？"

他的高中劳技老师对他说过类似的话："我们孩子这么好，去了光华，可不要把我们孩子教'坏'了。"

这两句话其实也不怎么类似，但是要紧的是，雷波顿在高中一年级的一次大考中数学只考了九十五分。在他比整个年级提前半天得知这个噩耗的同时，他已经在出国或者高考的选择题上煎熬了一年之久——鱼和熊掌，鹬和蚌，玫瑰花和仙人球，他都想要，一个也不能少。

在雷波顿得知自己数学只得了九十五分的那一天晚上，他对着窗外的树枯坐了三小时，一动不动。三小时后，他走出卧室，向父母宣布自己将要放弃出国留学的决定。把课内学业先稳定好，他说。

翌日，放弃了出国的雷波顿轻松地前往学校参加试卷讲评。他打定主意接受最好的结果，决绝地抛弃熊掌、蚌，以及仙人球，却发现尽管自己数学只考了九十五分，全科成绩仍然排名班级第二，年级第七。

大任去而复返，熊掌、蚌，以及仙人球又落在了他聪明的头上。这下，他做好两手准备：

高考冲击北京市状元，不出全市前十就行；国外冲击哈佛大学，不去保底校就行。由于精力有限，他申请的学校不多，保底校也不多，一共两所：康奈尔和伯克利。

我一直能想象他的照片被刊登在《北京晚报》上，头顶“2013年北京理科状元”的字样，精神抖擞，露出一口雪白的牙齿。此外，印有同一张照片的海报也会在每次大考前出现在母校高中楼前的花园里，为路过的学弟学妹们带来好运。

雷波顿记得每次大考年级第一的名字，于是我俩吃不怎么辣的四川火锅时数了半天——主要是他数，我偶尔纠正，再由他反驳。一来二去，毛肚和土豆被我们忘在了锅里。前者蜷缩起来，坚不可摧；后者粉身碎骨，与红油和香精融为一处。雷波顿爱吃毛肚，便觉得有点儿遗憾；为了开解他，我只好开始表演吃白菜。白菜在辣油里滚过三十分钟，吃得我面目狰狞。

“天哪，”雷波顿笑得前仰后合，“我好像在看一出独幕喜剧。”

与我相反，他断断不会做这些幼稚的事。他追求完美，极度忌讳在人前出丑。

但是生活总不遂人愿，喜剧演员往往只能逗笑自己，严肃认真的老实人却闹出一个又一个笑话。

初二，雷波顿的同学——一名全年级做操最认真的女生——在课间操的踢腿运动时因为腿踢得太高而失去平衡、坐倒在地，引起轰动。初三，我和雷波顿一起主持毕业典礼。他在典礼进行到高潮的时候——也就是校长们为大家颁发完毕业证书的时候，洪亮而恭敬地念道："请领导们下台。"全场哗然，我在台上哈哈大笑。

不过当时我只顾着幸灾乐祸，过了好一会儿才勉强补救了几句，以至于团委老师觉得我反应有点儿慢，以至于我担心老师会不那么喜欢我。后来我花了很多年才明白不必费力让老师喜欢我，也不必费力让任何人喜欢我，但是我做不到。

一个多月以前，我的一个文科生读者说："文科生也觉得你的文章既没营养又没意思。"我顿时就不高兴了。雷波顿听完就乐了，乐了不短的时间，我都喝完我手里掺了二两谷物和蓝莓果酱的希腊酸奶了，他才说："许昂，说实话，我觉得你太小气。大度一点儿，这种人，且不用理她。"

但是他显然忘了一件事。

去年他在公众号上发表了一篇政论，浅析了龙应台与西方式假民主，收到了一名四中同学的负面评价。

这位同学留言道：别没事写什么法语了，有空儿多读读书。

翌日，他在公众号中发布了一条比原文更长的免责声明——用英文写就，逐一对读者们的留言进行了详细回应。

“昨日我于此刊登的文章收到了一些批评意见：一位比我年轻的男生建议我读更多的书。我当然要读更多的书，事实上，我有整整一书柜待读的文学著作，尽管我已经阅读了大量艺术方面的书籍。但我认为他其实意有所指，即觉得我的文章很烂，很浅薄，很不严谨。嗯——可是任何人的写作从某种程度上来说难道不都是如此吗？

“另一位女孩建议我停止翻译法语，多花时间读书。这简直令我咋舌。真相是：我从不使用谷歌翻译来翻译我公众号中出现的法文语句。它们都是我自己写的。尽管它们不算复杂，但是她需要翻译软件才能理解这回事显然不是我的错。

“不过有趣的是，这两位批评者都毕业于北京另一所久负盛名的高中。或许那所学校毕业的学生都是博览群书的书虫（或许他们只是更盛气凌人、爱说教）。无论如何，现在我要开始我的声明了……”

## 二

3月28日是一个重要的日子。

2013年3月28日，雷波顿早上5点醒来，登录邮箱，收到了哈佛、哥大、宾大、布朗、达特茅斯五封拒信，收拾书包，准备上学。

等地铁的时候他顺便查询了康奈尔和伯克利，结果都是录取。

到了学校后有人来问他的情况，他说不怎么样，基本都拒了。同学A转过头来，问道："到底怎么样？"

"很不好。"雷波顿说。

同学A说："没关系。"

同学B说："以后大家一起在清华教你骑自行车。"

同学C说："美国也没什么好吃的，咱不去了。"

雷波顿在数学课上当场流下眼泪。后来他在回忆此情此景时特地写道："我一边擦眼泪，一边流鼻涕，一边做题，最后基本全做错了。"

3月28日晚，雷波顿回到家，抱着自己的妈妈又哭了，"哭得还挺伤心的，连吼带叫的"。雷妈妈给他放了一池水，让他泡个澡放松一下，还给他切了几个草莓放在酸奶里，让他泡澡的时候吃。

2013年6月8日，雷波顿结束了他的高考。出分当天，我打去电话询问，他考得很好。我说，完了，做不成同学了。事实上他考得相当之好，又有二十分的市优秀干部加分，比状元高出足足十分。可惜《北京晚报》在报道状元时只看裸分，他的照片最终没能印在报纸上，走进千家万户。

就这样，我们高中丢掉了理科状元这个囊中之物，取消了高三年级组的出国旅行奖励。就这样，雷波顿正式成为2017届北大光华管理学院的一员。

2013年10月，雷波顿休学一年，正式成为2018届北大光华管理学院的一员。

四年后的秋天，我开始工作，却感觉回到了学校，因为工作后遇到的每一个人都是我的老师。雷波顿因为休学一年的缘故仍在读大四，却感觉走进了社会。他的同学们大多都在求职场上奔忙，他也在留学申请的自我营销中想破了脑袋。这哪里是学生干的事情，他说。

一边说，一边吃掉第二个鸡翅。

我俩在周六午后的大雾中徒步三站地，走进了一家安静的快餐店。店员劝雷波顿买一桶鸡翅，如此价钱比较公道。但是他说，不行，我只爱吃炸鸡翅，我不爱吃烤鸡翅。

雷波顿是我最好的饭搭子。我们都太喜欢吃东西，又都太不懂吃东西。因而任何一杯平平无奇的奶茶、一桌毫不地道的火锅、一对在温箱里放至绵软的炸鸡翅，都使我们足够满足。

在雷波顿吃掉第二个鸡翅的同时，我才决定好要点些什么——一对炸鸡翅。店员依旧劝我买一桶，我说不行，我也不爱吃烤鸡翅。

在雷波顿吃掉第三个鸡翅的时候我突然想起来，他的某一任老师曾说过："我们孩子那么好，去了光华，可不要把我们孩子教坏了。"

"你后悔过吗？"我问他。

"没有，"他说，"想来想去，其实没有比光华更好的选择了。"

"有时我甚至觉得这是宿命使然。

"我命里就是不该本科出国，所以我申请的结果就是不好——只有康奈尔和伯克利要我，于是我只能高考。但是高考了，我又没当上状元。我觉得我注定当不了状元，你想，一个北京状元刚上光华就休学了，媒体一定要写。所以老天其实可能都安排好了。

“另一个是，我以前总想，要是去了康奈尔就能怎么样。但是我后来想，就算我去了哈佛也可能不会比现在的情况更好。因为你也知道，我肯定不会留在美国，也不会在国外长期居住，如果我的主场在国内，那本科的人脉还是挺重要的，这样比起来肯定光华比较好。

“虽然有时候我也觉得，我跟同学们不是特别谈得来——你别误会——不是我不喜欢他们，只是不那么谈得来罢了，我跟大家关系都很好，而且他们刻苦的精神和聪明的头脑令我望尘莫及。但是后来我觉得，这些都不是最关键的。国内的大学更适合我另有其他的原因。

“整个西方奖励的是善于包装、营销自己的人，我不擅长那一套。你也知道，大家都觉得我太低调了，不够张扬，只喜欢把自己该干的事情干好。但是因为我总把该干的事干得比所有人都好，所以就会被注意、被认可、被嘉奖。从小到大，我确实占了这个便宜，老师都特别喜欢我，觉得我靠谱，所以高三我是第一个入党的，在光华全院只有三个优秀党员，我只是把分内事儿干好了而已。

“是啊，你在中学时确实算比较张扬的，肯定不会太讨喜；等你到了大学又沉默起来，那的确不太划算，在两边都比较难……

“所以啊，我的本科教育的确不大适合在国外进行。其实大学申请本身就是，看谁能把自己说得天花乱坠，看谁能把一点儿小事吹得比天还大，我真的不行。

“你看，想来想去，确实没有比光华更好的选择了。”

## 三

我和雷波顿于十三岁相识在明尼苏达采风团的同一面小旗下，他是正组长，我是副组长，我为这个“副”字耿耿于怀许久。过了快十年我才知道，他的语文老师实在太喜欢他，想锻炼他的组织能力，才行个方便。那会儿，他瘦且高，皮肤不十分白皙，脸也不十分短促，但是看起来跑得很快。他痴迷一部青春电影，里面的男男女女表白与吵架的时候都放声高歌——每一个1995年出生的小孩儿都曾经痴迷过这部电影。不过只有他，直到现在，还沿用了男主人公的姓氏做自己网名的后半部分。而他英文名从幼儿园起就是“雷”——射线、光线、光芒——加起来就是雷·波顿。

中学六年我们一直不在一个班，因此不十分熟悉。那时他心思几乎全在学习上，我心思几乎全不在学习上，因此除了温吞的性格，几乎没有什么共同之处。后来我俩拿到了同一所大学的录取通知书，才拥有了极为相似的哀怨和牢骚。

后来我们没做成同学。他选择了光华，在伊萨卡一时传为奇谈，因为所有从北京来的留学生在破冰活动没话讲的时候，都只好说："咦，你知道不，有个被我们这儿录的人大附的男生没来我们这儿，去了北大，高考还差点儿考了个状元。"

再后来雷波顿休学一年，在家睡觉、读书，去青岛学车，并短暂地周游列国。回到光华后，尽管身边汇集了全中国最擅长学习与考试的青年们，他的大一学习仍与之前一样顺利。

大一的夏秋之交，雷波顿突然觉得焦虑起来——一切似乎都太容易了。没有压力与挑战，没有什么亟待完成的任务，没有卷子发下来，没有排名贴出来，食欲全无，兴致全无，并且不能停止咳嗽。

我无从知晓他谨遵了何种医嘱来恢复从前的康健与阳光，不过我再次见到他的时候，他胃口很好，成绩也很好，稳定在二十名左右——也就是全院前百分之十，加入了两个以国际交流为主题的学生组织，获得了“优秀党员”的称号，如饥似渴地阅读《喧哗与骚动》《人性的枷锁》《你好，忧愁》。

他还开通了自己的公众号来发布自己的随笔。为了不让人关注，他几乎只用英文进行写作，偶尔发出一些中英双语的喟叹。譬如：

“让过去就这样随风而逝。”

“每个人都进行着一场你一无所知的战斗。永远要善良。”

“不要轻易离开权力的中心，但是一旦离开，也不要轻易回来。”

“——你在吃什么？”

“——我在吃沙拉、甘蓝与鸡肉而已。”

“——你还好吗？”

“——其实不太好。”

“又有谁想颠沛流离。”

大四的秋天，成绩优异且情感丰沛的雷波顿前往巴黎，进行了为期半年的交换学习。他带着九双鞋和二十双袜子，一人在灯光晦暗的二星餐厅进食，一人在日暮时分的塞纳河左岸散步，与老迈的房东激烈地争吵，与姓李的旅伴惬意地旅游。

交换结束，他成功申请到了联合国儿童基金会位于哥本哈根的暑期实习，北大也为他报销了机票与基本的生活费。于他来说，丹麦的两个月有些乏味，工作内容多是闲聊和站岗，唯一一次出行也只是回巴黎注销银行卡——朋友们寄出的退卡申请信无一幸免，全部稀里糊涂地丢在了物流的途中，因而雷波顿决定亲自护送自己的信件。他请假乘火车来到巴黎，把信安置在了银行附近的一个邮筒里。不过法国兴业银行最终也没有收到它。

与此同时，许多光华的学生们正在切实地历经一些同城的颠沛流离：寻找金融行业的实习，进行实习，如此往复，获得或失去正式工作的录用，寻找正式工作，面试，又一轮面试。最终，昔日的状元们个个西装革履、目光笃定，分外顺利或是比较顺利地将一份体面的工作揽入囊中，迎来光明的前程。

也不是没有例外。与雷波顿同届的一名状元便铁了心要当记者，一举拿下一项写作大赛的头名，奖品是十万元奖金和一份年薪四十万的工作。雷波顿将他的稿件发给我，鼓励我继续加油。

另一名光华的状元——不是一般的状元，是江苏省的理科状元——长得漂亮，成了网红，最近忙着谈恋爱。雷波顿今年夏天介绍我们认识，我们仨在朝阳区度过了八小时，一起吞下三块蛋糕、两盘虾片、四杯莫吉托、一桌泰国菜，直到我的眉毛和眼影都下班了。后来这位状元去了美国中部念研究生，找到了实习，谈起了恋爱，过上了令旁人艳羡的生活。她的口头禅是“贼能”，我们偶尔说到雷波顿，她就说：

“能他。一天六杯奶茶也是他，托福满分也是他。”

不过更能的，还是雷波顿研究生入学考试成绩。阅读部分满分一百七十分，他考了一百六十九分，还不满意。

他更不满意的，是在他交换归来后旁人的反应。几位同学在寝室看到他，觉得很是稀奇，便大声呼唤：“哎哟，你可终于玩儿回来了！”

“玩”这个字使他感到委屈：“我没玩儿，我也是在学习。我不想让别人觉得我是一个什么都不干，每天就是在欧洲玩儿来玩儿去的纨绔子弟。”

于是我问：“像我这样不学习的人，你会不会看不起我呢？”

雷波顿犹豫许久，怜悯地看着我：“无论如何，你都是我的好朋友。"

语毕，吃掉最后一只翅中。

说话时，我总觉得我有一千箩筐的话想说。但是等这一千个箩筐铺陈开来，呈在眼前，我就又什么都不想说了。

吃炸鸡翅时，我只喜欢翅中，不喜欢翅根。

敲打键盘时，我立地变成一个沙漏，把凡是重要的、宝贵的一件件漏掉，只剩下沙子的影子与气味。

这不，雷波顿其人其事最紧要的部分，我几乎都忘了讲。譬如他研究生想考哈佛肯尼迪学院，譬如他的理想是成为一名深邃且有影响力的栋梁之材，譬如他不愿做学者，也不愿做商人，譬如他既瞧不起曾经把古董摔碎的公共知识分子甲，也瞧不起名声逐渐超越亡夫的公共知识分子乙。"前者不真诚，后者不聪明。"他说。

"反对者的存在本身即有意义。"我说。

"但是只有懂得如何在体制内生存好的人才能创造除了存在本身之外的意义。"他说。

此外，对于这篇文章的题目，他摸不准"光华"二字的必要性。

我只好老实地解释："因为我其实想写一个系列，例如

《纽约有个安娜周》《南京有个李大宝》，光华只能算是一个地名，没有特别的含义。”

“但是这样不够严谨，”雷波顿回答道，“人们看到这两个字，就会默认这篇文章的主要内容是关于光华的。可是你根本不怎么清楚我在光华的故事。这样一来，一定会有反对的声音。”

“事已至此，”我说，“管他呢。”

“好吧，”他说，“别写光华的坏话就行了。”

# 二十二

## 一

还有三百二十二小时，我就二十二了。

在这一万九千三百四十二点七分钟里，我的喉咙将无意识地重复五千次吞咽动作，吞下水，吞下无糖的茶饮料，吞下路边工地厕所与泥泞中飘出的臭气，吞下我的积郁。事实上我毫无头绪，堆积在我心脏与胸膛周围的一些苦而酸的化学元素，到底是在人间飘荡了一阵儿后才进入我的身体，还是压根儿就是天赐、天赋、天给？正如北京给了我儿话音，睡眠给了我大个儿，深夜又给了我疲软的大脑。

我是个苦人儿，喝黑咖啡，饮苦茶，吃苦瓜，甚至喜欢喝感冒清热冲剂——没开玩笑。但是太苦也不行。有一回一颗胶囊因为在我嘴里待得太久而炸开，我才明白原来苦可以让人在须臾之间呕吐。那是我第一次品尝黄连的味道。后来我想，只有恰到好处的清苦才闪耀着缪斯的光辉，真正的苦，我还担待不起。沉的苦，重的苦，未经稀释的苦，只会让人狼狈地弓下腰来呕吐，吐出涕与泪，吐出一些无可辩驳的佳句名言——这是人生。

我写不了人生，只能把有限的痛苦和渴望圈养在一张几十平方厘米的纸上，随便挂在一个什么地方，随便给一些什么人看。如果他们善良或机灵，他们就附和说这是艺术；如果他们把自己当一柄雪亮的剑，他们就冲过来，向我要营养，向我要能在人间尘土与浮华中快速穿行的诀窍，末了，丢下一些没有新意的诊断。

“不对。”我洪亮而深情地背诵，白光隐去台下的许多张黑脸。

第一句：我从没试图代表谁，更没试图救赎谁。

第二句：我的人生跟我也没什么关系。

第三句：我从五岁开始断断续续地写，直到二十一岁半都过得一干二净，我的理想、渴望、美梦都只有两个字。

还有一百七十四小时，六十二万六千四百秒钟，数以千万计的瞬间，我的年轮就又加上了一圈，前提是我是一棵树。

但我不是一棵树，虽然我喜爱在沙发上躺着，但是我并不喜爱树一样一成不变的生活。同时，我反感过生日，更反感自己每过一次生日都要强调对于庆祝生日的反感。用普通话讲，我矫情；用北京话讲，我是个事儿妈；用我的哲学家朋友云豆卷的话讲，我只不过是太细腻，且只不过在周遭人群的粗糙之中细腻得太明显。

最近云豆卷考上了博士，再没时间上网安慰如我一般垂头又丧气的年轻人，我只好转向青史上的那些名字。他们煲的汤大多凉了，对胃不好，但我依旧食髓知味，沉迷其中：

“我对孤独有一种渴望，经历了这么久，我终于得到了它。孤独冷似冰，哦，没错，它同时还那样的辽阔无边，既冰冷又安宁，像群星璀璨的宇宙空间一般。”

嚯，孤独冷似冰，有了它，我在这个异常炎热、房间空调还坏了的夏天，都不用吃冰棍儿了。在凉爽又不清香的地铁上，在钢筋水泥浇筑的方方正正的格子里，在被一些颜色醒目的自行车塞满以至于无处可走的街道中，我都跟《荒原狼》里的荒原狼别无二致。

喔唷，孤独冷似冰。其一，（假使）我是孤独的，那么我感到荣幸之至。其二，孤独的人可不能过生日。其三，我的反感与抵触又何尝不是另一种形式的庆祝抑或是另一种庆祝的形式，每年秋天这个日子，我就得向别人证明自己的格格不入，并通过此种格格不入试图介入孤独者的世界。

人无非通过三种方式寻求满足感：从他所在的空间与渠道获得；通过与该空间保持距离而获得；总结归纳前两种方式并得出一些道理和结论。

## 二

现在来讲一讲我是谁。

我下周二十二岁，名字由两个字组成。昨天我看到一则报道，称“90后”中只有百分之十二的孩子的名字是两个字，未来的某一天，所有人的名字都将是四个字。这让我觉得莫名地高兴。我刚刚从一所排名最末的常春藤大学毕业（只有所谓“后三所”才会称自己是常春藤大学），却还要时不时提一提自己的高中。我偶尔写诗，间或写文章来叫卖我的诗集，几乎卖不出去；我有时写文章，每一个人轻轻地短短地批评、讽刺、笑话我一下，我都要深深地长长地伤心、闹心、糟心很久。

别看我常常没有自我，我其实是个不错的人：我唱歌不错，虽然离歌手还差得远；我拍照片不错，虽然只会使用光圈优先模式；我画画也不错，虽然不懂画画；我表演也不错，虽然只得到过脸谱化的傻大姐角色，从没能细腻地、温柔地流泪；我聪明，又没聪明到闭着眼睛也能造字的地步。

与此同时，我忧郁，所以怀疑自己得了忧郁症；我懒惰，所以讳疾忌医，只在一本儿社会杂志上做了测试，结果是中度抑郁和轻度焦虑；我表里不一，所以在做完测试后又很快乐地排队去买最流行的奶盖茶，但是我其实不喜欢奶盖，也不喜欢排队。

我每天否定自我二十次，重建自我十八次，也就是说，一般一天有两次陷入无可救药的破碎状态，便利店里浸泡在红油里的盒饭拼不起我，一箱无糖乌龙茶饮料拼不起我，工作与通勤拼不起我，他人的劝慰拼不起我。于是我总是面带微笑，在拥挤的十号线车厢里，在“7-11”的冷柜前，在紫外线穿透我没涂防晒霜的皮肤时，感受痛苦是如何洗涤我的身体和灵魂。

只有痛苦是真诚的、高尚的、快乐的，我一边想，一边在寂静的夜里小声唱歌。觉醒即痛苦，快乐即自欺，萨特告诉我。

二十二岁来临前的每一天，我一边勉力将自己从一些黏糊糊的标签上解下来，一边试图让体内的两个自我平安度日。一个我用鼻子听他人的话，一个字儿都不愿意与人说；另一个我对着大家点头微笑，感恩戴德。

当然，这两个我从来不打架，倨傲的前者在我的身体里几乎待不下去。它拉开架势嚯嚯嚯嚯，却一场架都打不赢，成日躺着，气若游丝，琢磨一些文雅的还击方式，只在悲哀朝着横膈膜席卷而来时露一露面。

爱笑的后者勉力维持着它最后的自尊，即便它以笑面对待每一句恶言恶语，也要静默地嘀咕几句。我一直都不懂得这些沉默的戾气去了哪里，只能殷殷期盼它们不会癌变，也不会把我从凝结了人类智慧的万丈高楼中一个趔趄逼到地面。

我欠世界一句脏话，世界也欠我一个解释。只有对着世界的时候我才能蛮横地较劲，因为它看不见摸不着。对着世间客、筋肉器官生生不息的人，我是个尿包，温柔地迎接与忍受一切使我痛苦的举动和言语，从不还击、从不报复，所以大家才说我人好。我自己明白，我不是好，而是好欺负。选择究竟不多，要么气死，要么忘记怎么生气。

当然，目前，我一点儿都不想死。我还有二十本儿小说要写。

二十一岁的夏天，也就是刚刚过去的这个格外炎热的夏天，我从大学毕业。

大学毕业后我没找到工作，确切地说，我没找工作，待业在家，准备完成自己的第一部长篇小说。这个夏天，我是家里的罪人，我的每一次呼气、每一次吸气，都给我身边的每一个人带来莫大的不幸。

我妈说她理解我并支持我，但是我们不能停止争吵。当第四十七个人向她询问我的去向并顺便描述自己儿女的月薪时，我在家用刀切开了一个黄桃，并将一只虫子拦腰截断。

而后，它的兄弟姐妹也没能幸免，尽管我没做什么出格的事，仅仅是将它们赖以生存的孔隙一一切下，扔进垃圾桶里去。往好处想，这说明这桃子表皮没有农药。但是我难以这么想。其一，黄桃挺贵的；其二，我没有工作，还削不好水果皮，浪费掉很多果肉。

那一刻，我真挚地觉得自己不配吃下这个黄桃。

英文中有一个单词叫作“易辟佛尼”（epiphany），形容大彻大悟、醍醐灌顶的瞬间。我二十一岁的“易辟佛尼”来临在这个夏日的下午，我手里握着一个满是虫洞的黄桃，脑子里光辉而灿烂的词语和句子“咻”地升入空中再化作沙尘与冰雹，填满我周身的真空，使我窒息，使我破碎。

你什么也不是，它们说。我什么也不是，我说。

9月1日，我开始上班。我挺喜欢我的工作，它所在的社区叫“霞光里”——多好听的名字，哪怕我上班的路上通常只有建筑工地送出的尘土和颗粒物，没有什么霞光。

唯一令我难过的，是一把地铁站出口的二胡，“吱呀吱呀”地响，音色凄厉似猫的叫声。这“猫”叫个不停，每个上午剜一次我的心，让我总是忘了屏住呼吸，以至于吃进很多沙子。

对于我开始上班这回事，朋友一表示肯定。他说：“人怎么能不上班？”

朋友二却连连摇头。“真遗憾，”她说，“你本来可以当一个自由的艺术家。”

朋友三不关心我是否工作，却温柔地看着我。

“许昂，”她的眼睛像一块转个不停的透亮琥珀，“你一定不要想着写东西出名，也一定不要想着要多少人来看你写的东西。”

“此话不假。”我点头道。

“我多么希望你在死后才出名啊，”她若有所思，“这样才有一种真正高尚、伟大的悲剧美。”

朋友四在旁边乐了，他猜我肯定要生气。上次他这么乐，是得知朋友五学了两学期游泳也没浮起来的时候。

朋友五和朋友六对于我们之间友情忠心耿耿，总能及时向我汇报朋友七八九说了我什么不大动听的话，虽然朋友四不建议她们这么做。

朋友七八九的理想和前程不知哪个更远大。他们要赚得大钱，还要挥洒大爱。四十岁左右他们将会完成第一个步骤，四十岁以后他们将会致力于第二个步骤。

朋友十要组建家庭，传宗接代，与普罗大众似乎没什么不同，无非是要娶的、要嫁的都是些能赚大钱的人。

我热切地爱戴着这十位朋友，正如他们宽宏地接纳着我。再过十八年，等到我们都成了眼神儿和脑力都不济的、四十岁的臃肿躯体，全员的烦恼将会完成第一次互换。他们或许将会在空虚中抓耳挠腮，不能自已；我或许将会付不起同学聚会的费用——这个世界多么公平。

# 三

9月伊始，我用上一些流行的辞藻和语调告诫自己：不可成为一名精妙雅致的利己主义者，不可成为一名夸夸其谈的白日梦想家，不可与时代愚蠢的潮流同流合污，不可站在时代的边缘自以为是、自怨自艾，不可在清闲浑噩中度日，不可在忙碌中迷失自我，不可不思考，不可胡乱思考，不可不读书，不可空读书，不可在委屈中萎靡不振，不可在怨气中撒泼打滚，不可忘记公平与正义、自由与责任，不可脱离实际、高高在上、“康—呆—森—顶”（condescending，优越），万万不可拿自己当一回事，万万不可不拿自己当一回事，万万不可不写，万万不可以为自己写得好，万万不可以为自己写得不好。

每天中午我坐在空调开得过足的办公室里，吃五分钟脚程外便利店的盒饭——番茄炒蛋和麻辣香锅，苍蝇在玻璃上嗡嗡地飞，店员比顾客还麻木，顾客比店员还机械。我的呐喊在心室里就已经消散了。

有时我闭上眼睛，看见森林，看见海洋，看见山尖的雾霭，看见五岁的自己在沙发上一蹦一蹦；有时我闭上眼睛，只能看到扭曲的形状、糟烂的颜色，黑洞洞的花花世界在眼皮与瞳孔之间翻来覆去，让我惶恐，让我在夜里瞪大眼睛，不肯进入未知的梦乡。

这不是坏事，说明我终于肯长大了，我终于决定承认并拥抱我的痛苦。它夜以继日地将我蚕食鲸吞，又夜以继日地将我洗涤干净，送我上岸。

我终于昂首挺胸地面对一个避无可避的事实：当我决定成为一个表达者的那一刻起，我就犯下了不可饶恕的错。二十二岁之前，我总是希望自己错得尽量少一点儿。二十三岁，三十岁，八十八岁，一万零二十七岁，我要将错就错，越错越勇，越多越好，越离谱越好。